Der Autor

Roland E. Ruf *1939
lebt und arbeitet in Freiburg im Breisgau

www.roland-e-ruf.de

Roland E. Ruf

In Nebenrollen

Drei Erzählungen

 tredition®

© 2017 Roland E. Ruf

Verlag und Druck: tredition GmbH, Grindelallee 188, 20144 Hamburg
Gestaltung: Inge Reuter-Eck

ISBN
Paperback: 978-3-7439-2677-6
Hardcover: 978-3-7439-2678-3
e-Book: 978-3-7439-2679-0

Inhalt

Umberto

Ein kleiner rosa Zettel haftete an der Folie einer Werbesendung. *Pfl.Mus / Toast / Waffeln* . . . flüchtig mit Kugelschreiber geschrieben. Der Schrift nach eine ältere Person. Sie wird den Briefkasten verwechselt haben und tunkt heute zum Frühstück Zwieback oder Knäckebrot in den Kaffee, weil Pflaumenmus und Toast fehlen. Aber wer kann das sein? Außer einer jungen Frau im Erdgeschoss und einem Paar mit Kind sind alle im Haus im Rentenalter. Wer auch immer den Zettel in meinen Briefkasten geschoben hat: er ist ein Zeichen! Jemand braucht Unterstützung, also werde ich zur Sprechanlage gehen und durchrufen.

Meine Fürsorge verwunderte, doch angesprochen fühlte sich niemand. Fallini, mein direkter Nachbar, brummte Unverständliches in die Sprechmuschel.

Auf dem Rückweg begegne ich ihm auf dem Treppenabsatz. Er scheint mich erwartet zu haben.

Hör zu! sagt er auch gleich und duzt mich. *Ich habe mich vorhin nicht korrekt verhalten, war noch nicht ganz bei mir. Hast du inzwischen herausgefunden, wer den Zettel geschrieben hat?*

Nein, sage ich und ziehe den Wohnungsschlüssel aus der Tasche. Was soll das kumpelhafte Getue? Wir sind uns bisher aus dem Weg gegangen, ich schon der Klopfzeichen wegen, die immer dann kommen, wenn er meint, ich hätte die Sterenlage zu weit aufgedreht. Nun stellt er sich mir in den Weg und spricht gestenreich auf mich ein.

Du wohnst noch nicht lange im Haus, wir leben Tür an Tür, zwei alleinstehende alte Männer. Einer von uns wird irgendwann in eine Lage geraten, wie du sie vermutet hast. Dann ist nachbarschaftliche Hilfe doch selbstverständlich! Wir sitzen sozusagen im gleichen Boot.

Ja, so könnte das einmal sein, erwidere ich ausweichend.

Es ist so!, gibt er mit Bestimmtheit zurück. *Heute Morgen habe ich mich elend gefühlt. Diese verdammten Schwindelgefühle!*, stöhnt er. *Und nun geht es wieder. Es hätte auch anders kommen können.*

Ich stecke den Schlüssel ins Türschloss. Er geht zwei Stufen hinab, wendet sich nochmals um und ruft: *Nimm's mir nicht übel, dass ich dich duze, ich bin es so gewohnt.* Er kommt die Stufen wieder herauf. *Hör! Wer sagt schon auf Auslandsbaustellen Sir oder Mister? Man spricht sich mit Vornamen an, man hat schließlich miteinander zu tun und wir beide sind Nachbarn. Verstehst du?* Er streckt mir die Hand hin. *Also, ich heiße Umberto, nicht Hubert, wie unten an der Klingel steht.*

Schön, sage ich, *dann bin ich für dich der Roland.*

Er ergreift meine Hand. *Ich weiß, ich weiß! Die Hausverwaltung war in deinem Fall korrekt.* Er deutet auf den grünen Nylonbeutel an seinem Arm: *Ich bin auf dem Weg zum Bäcker. Brauchst du etwas? Brötchen vielleicht oder Brezeln?* Er schmunzelt. *An Laugengebäck komme ich in der Regel nicht vorbei.*

Soll ich mir als Solidaritätsbeweis eine Laugenstange mitbringen lassen? – *Nein danke,* sage ich, *habe schon gefrühstückt.*

Gut!, meint er und klopft mir auf die Schulter. *Nachher komme ich zu dir und werde dir zeigen, wie du die Lautsprecher-Boxen schallgünstig aufstellst. Von Schallausbreitung verstehe ich etwas. Dann wirst du mich auch nicht mehr an die Wand pochen hören. Ich glaube, du brauchst deine Musik. Musik erlaubt zu erinnern. Va bene?*

Jetzt bin ich doch erstaunt! - Er stützt sich auf dem Geländer ab und macht noch immer keine Anstalten zu gehen. Okay, dann wird er noch etwas auf dem Herzen haben.

Außerdem brauche ich dich in einer anderen Sache, sagt er in einer Selbstverständlichkeit, als seien wir seit langem vertraut. *Ich sehe dich mit Stöcken so flott losziehen, dass ich überlege, mir auch solche Dinger zuzulegen. Würdest du mich eventuell beraten? Ich hab' schon mal im Internet recherchiert und komme mit den Modellen nicht zurecht.*

Nordic-Walking-Stöcke?, frage ich. Eine überflüssige Frage, eigentlich weiß ich ja, was er meint. *Aber selbstverständlich! Sag' mir Bescheid!,* erwidere ich möglichst verbindlich.

Mir egal, wie man die Dinger nennt. Ciao bis später!

Er steigt nun endgültig die Treppe hinab.

Gegen Mittag steht er mit zwei dicken Filzuntersetzern vor der Tür. *Für die Boxen, gegen den Körperschall in diesem Betonkäfig!*, sagt er und drängt ins Wohnzimmer. Die Musik störe ihn nicht nur das Dröhnen der Bässe. Das schmerze ihn bis in die Blase. Er rückt die Lautsprecherboxen von der Wand und legt die Filzmatten unter. Dann reibt er sich die Hände – *So, das wär's!*

Das war am Dienstag letzter Woche. Die Stöcke haben wir anderntags gekauft. Bei einem Probegang im nahen Park, auf dem ich ihm das getaktete Gehen unter teilweiser Verlagerung des Körpergewichts bei Stockeinsatz vorgemacht hatte, fand er rasch seinen Rhythmus und stapfte mehrfach um den Kinderspielplatz. Er scheint rhythmisch begabt zu sein: Italiener. - Ach, ein Gemeinplatz!

Seitdem gehen wir montags und donnerstags an den Nachmittagen mit unseren Stöcken. Von Anfang an stapft der hagere und bewegliche Mann in seiner abgetragenen Parka leichtfüßig vor mir her, schwingt an den Stöcken über Unebenheiten und sumpfige Stellen – ein Mann über siebzig!

Auf ebenen Strecken stapfen wir neben- oder hintereinander her, meistens schweigend. Meistens, denn mitunter bricht die Vergangenheit hervor, als springe der Deckel einer Kiste auf, die lange unbeachtet geblieben war.

So erfuhr ich, dass sich Umberto als Kind zwischen seinem italienischen Heimatdorf und Deutschland hin- und hergeschoben fühlte, später die deutsche Staatsangehörigkeit annahm und als Ingenieur eines Elektro- und Maschinenbau-Unternehmens auf Baustellen im Ausland zu tun hatte. In der Nähe des Gardasees besitze er seit einigen Jahren ein Haus und fühle sich nun wieder halbwegs als Italiener.

Er spüre geradezu seine Herkunft, sagte er einmal, wenn er in Vignole die Fenster öffne, ihm der erdige Duft des Gartens und die Geräusche des Dorfes entgegenkämen. Das hielt ich für eine romantische Überhöhung, die Reaktion eines gealterten Einsamen, der von seiner Vergangenheit zehrt.

Eigene Einsamkeit wird nicht erträglicher, wenn man die fremde aus den Schilderungen eines anderen Lebens destilliert. Zählt nicht eher, was man zusammen tut? Und in dieser Hinsicht war auf Umberto Verlass.

*

Wir bevorzugen eine bestimmte Route entlang der Berge, die gewissermaßen vor unserer Haustür ihren Anfang nimmt. Sie führt bis zum Kloster der Nonnen an einem Hang über dem Nachbarort, heute das klösterliche Altersheim dieses Ordens. Der Gebäudekomplex ist italienischer Architektur nachempfunden. Das fiel Umberto sofort auf. Hier wechseln wir gewöhnlich auf die gegenüberliegende Talseite und steigen durch den Wald auf, bis wir einen Sattel erreichen. Dort angelangt, öffnet sich in der Vorbergzone des Schwarzwaldes die Weite einer Tallandschaft, im Westen von einer Anhöhe begrenzt. Gegen Süden steigt das Tal an und verzweigt zum Gebirge hin. Auf unserer Hangseite Reben, gegenüber Weide- und Ackerflächen, darüber Wald. Diesen Blick vor Augen, rasten wir gewöhnlich unter einem Hochsitz am Waldrand. Umberto entnimmt der Taschentiefe seiner Parka Salamibrötchen und Weißwein in einer kleinen Plastikflasche. Ich bräuchte Kaffee. Danach fallen wir wieder in das Stakkato unserer Stöcke.

*

Es muss am Anfang unserer Touren gewesen sein, dass er an dieser Stelle Genaueres über seine Herkunft sagte. Er zerrte am Schal und verschaffte sich Luft - das habe ich noch vor Augen – und begann umständlich: *Du solltest wissen, dass ich aus einem Dorf im Piemont stamme. Ich habe noch immer Bilder aus früher Kindheit im Kopf: das Haus der Großeltern, die Lage des Dorfes inmitten der Hügel mit Reben, den Weg in die nahe Stadt und den Markt, der voller neuer Eindrücke für ein Kind war. Bei Gott, ich erinnere mich an so vieles,* sagte er verhalten und fragte, eher sich als mich, ob das nicht ein Klammern an Vergangenem sei.

Geht es nicht den meisten so?, warf ich ein.

So, meinst du? Und schon war er wieder in der eigenen Geschichte. *Als ich mit meiner Mutter unser Dorf verließ, war ich sechs. Bis dahin habe ich meinen Vater nur von Besuchen gekannt. Die mussten heimlich stattfinden. Im Haus der Großeltern war er nicht gelitten. Dann nach Kriegsende mit der Mutter wieder zurück nach Italien und 1953 erneut nach*

Deutschland. Wechsel der Sprachen und mancher Gewohnheiten. Kinder passen sich ja rasch an, sagt man. Welche Verunsicherungen das trotzdem zur Folge hat, darüber haben meine Eltern kaum nachgedacht . . . konnten sie in dieser wirren Zeit wahrscheinlich nicht. Er stand auf. *Ein nächstes Mal!*

Bei einem der nächsten Male wurde er tatsächlich deutlicher, erzählte von seinen Schuljahren in einem Dorf bei Gaggenau. Der Vater habe in einem größeren Unternehmen gearbeitet. Den Namen nannte er nicht. Aus Vorsicht? Auch auf diese Weise rundete sich für mich allmählich das Bild seiner Kindheit.

Ich streifte mit Schulkameraden durch den Wald. Wir bauten Hütten und stauten kleine Bäche, spielten Räuber und Gendarm. Zurück in Italia – ich war inzwischen fast dreizehn - stand die Schule obenan, und ich war wieder einmal Fremder in der Clique. Mit meinem deutschen Akzent fand ich erst allmählich Anerkennung, nachdem ich mit Kumpanen Schulstunden geschwänzt, geraucht hatte wie sie – er grinste - *und den Mädchen an der Haushaltungsschule gegenüber nachgestellt hatte.*

Er wischte mit der Hand über die feuchte Bank und wechselte auf die abgetrocknete Stelle.

1953 kam ich endgültig nach Deutschland, inzwischen siebzehn. Papa hatte in Mannheim Arbeit gefunden, ich die Schule in Italien abgeschlossen und bald eine Lehrstelle – Elektromechaniker! Ein Leben in verschiedenen Sprachen: zu Hause Italienisch, im Werk Kurpfälzer Dialekt, Deutsch nach der Schrift in der Berufsschule - er lachte - *war nicht nur mein*

Problem. Dann richtete er sich auf, wies Richtung Süden: *Da hinten liegt irgendwo Italia - Piemonte - mein Dorf!*

Weshalb habe ihn die Familie seiner Mutter so sehr abgelehnt, wollte ich wissen. Immerhin war der Vater Ingenieur.

Ich werde dir das erklären. Für den nonno war er ein Nichts, Kind einer Arbeiterfamilie in Turin. Dort hatte er morgens vor der Schule Zeitungen ausgetragen. Die Familie brauchte das Geld. Aber was nach dem Schulabschluss? Arbeiterkinder machten gewöhnlich dasselbe wie ihre Väter und Mütter: irgendwo malochen, ohne Ausbildung. Also suchte sich Papa eine Arbeit. Die fand er in einer officina del fabbro, also in einer Schlosserei. Die Ablehnung blieb, obwohl er Abendkurse belegt hatte, um die Aufnahmeprüfung am Istituto professionale für Techniker zu bestehen. Aus der Prüfungskommission hat sich dann einer für ihn interessiert. Ich meine mich zu erinnern, dass Papa gesagt hat, der Mann sei Mitglied der Partei Mussolinis gewesen.

Umberto holte Luft.

Heutzutage egal, jedenfalls verschaffte er ihm ein stipendio und Papa konnte die Media professionale für Technik besuchen, wurde Werkzeugmechaniker. Für ihn ein erster Schritt, denn er träumte davon, Ingenieur zu werden. Zuvor Praxisjahre in einer kleinen Fabrik - Familienbetrieb -, des Verdienstes wegen, so schmal er auch gewesen sein mag. Mit Beginn seines Studiums schloss er sich den Faschisten an - Umberto schnäuzte sich ausgiebig *- vielleicht aus Dankbarkeit, aber jedenfalls mit Aussicht auf bessere Berufschancen. Die Faschisten förderten Techniker.*

14

Und die landeten zu nicht geringer Zahl in Germania, warf ich ein.

Mama mit mir bald auch, Roland! Wie ich vorhin schon sagte: Ich war sechs, und sie wollte, dass ich einen Vater habe. . . . Und jetzt komm! An mir kriecht langsam die Kälte hoch.

Wir gelangten auf die Saumstraße am Hang. Nach wenigen Metern blieb Umberto unvermittelt stehen, beugte sich über die Stöcke. *Auf einem Weinfest hatte er meine Mutter kennengelernt, das muss 1935 gewesen sein. Das Resultat war ich im August 1936. Ende April haben sie auf Betreiben von Mamas Eltern in einer abgelegenen Kapelle geheiratet. Noch am gleichen Abend musste die schwangere Tochter mit ihnen zurück in ihr Heimatdorf. Papa fuhr nach Turin.*

*

Das war an einem Donnerstag. Am folgenden Sonntag hat er angerufen. *Roland, morgen wird das nix. Am Nachmittag bin ich beim Doktor. Ein kurzfristiger Termin, sonst hätte ich dich früher verständigt. Ich melde mich danach.* Er stockte, ich hörte sein Atmen, dann sagte er *grazie per la ultima volta* und legte auf.

Er hätte an der Tür läuten können, doch er griff zum Telefon. Was ist mit ihm? - Anzeichen körperlicher Schwäche, auch nur einer vorübergehenden, waren mir nicht aufgefallen.

Auch am folgenden Mittwoch rief er an. *Roland, nächste Woche bin ich im Klinikum. Mir steht eine kleine OP bevor. Einer der oberen Rückenwirbel blieb im CT deutlich heller als die anderen. Der Orthopäde schließt auf einen Tumor.* Er müsse ja nicht zwangsläufig bösartig sein, aber es sei unerlässlich, eine Probe zu entnehmen. Nur ein paar Tage bleibe er dort. Was danach komme, müsse er eben abwarten. Er sagte auch, dass es ungewiss sei, wann wir wieder zusammen unsere Runden gingen. Er wolle aber nicht - was auch sein würde! - auf meine Gesellschaft verzichten. Es sei an der Zeit, dass wir uns bei ordentlichem Tee träfen.

Das Treffen würde wohl außerhalb stattfinden, nahm ich an und schaute mich in der Stadt um, bestellte in zwei Cafés zur Probe Schwarztee. Die Bedienungen fragten nicht einmal, welche Sorte es sein dürfe und stellten ein Glas mit heißem Wasser vor mir ab. Den Teebeutel hatte ich selbst einzutauchen – für zwei Euro achtzig. Nach dieser Erfahrung schwankte ich zwischen einem Kaffee-Haus mit vor Ort gebrannten Sorten - Tee hielt ich nach meiner bisherigen Erfahrung für reinen Nepp - und einem Szene-Café in der Nähe des Theaters. Jeder Stuhl ist hier anders, die Tische sind gescheuerte Massivholzplatten auf Stahlrahmen, dazwischen Gummibäume und Philodendron. An den Wänden Plakate von Theaterproduktionen der letzten zehn Jahre und als musikalischer Hintergrund Ella Fitzgerald, Frank Sinatra, das Modern-Jazz-Quartet und Jacques Loussier. Der Tee meiner Wahl kam aufgebrüht im Kännchen, die Tasse war vorgewärmt. Das sollte es doch sein!

Es kam anders.

Nach dem Läuten nehme ich den Hörer der Sprechanlage ab: Straßengeräusche. Zaghaft klopft es an die Tür: Umberto! Heute in braunem Jackett und hellem Rollkragenpulli. Mit schwungvoll-eleganter Handbewegung weist er auf seine offenstehende Wohnungstür und verbeugt sich. *Signore Ruf, per favore, es ist angerichtet!*

Ich folge ihm wie ein Kind, das die Weihnachtsstube betreten darf. Der Blick aus dem Korridor fällt übergangsfrei in das Wohnzimmer - wie bei mir, nur seitenverkehrt - und dort auf ein mächtiges Buffet aus Nussbaum, zur Mitte hin in einer besänftigenden Welle geformt. Umberto lässt mir den Vortritt. Ein großer Orientteppich verschluckt den Schritt. Auf einem Marmortischchen die Etagère mit Keksen und Kuchenstückchen. Er weist mir den Platz auf einem der grünsamtigen Sessel vor der Balkontür zu. Ich hätte mich lieber nebenan auf das Sofa gesetzt.

Nimm bitte Platz, sagt er, geht in die Küche und kommt mit einer bauchigen gläsernen Teekanne zurück, die er auf einem Réchaud abstellt. In der Kanne ein kupferrot schimmernder Tee.

Im Raum gedämpftes Licht. Die dunkelgrünen Samtvorhänge sind so weit zugezogen, dass nur ein schmaler Spalt für das Tageslicht bleibt.

Während er mit Streichhölzern und Teelicht hantiert, gewahre ich schräg hinter mir ein Glasschränkchen, dekorativ über Eck gestellt, angefüllt mit weiteren Teilen des Services und zwei Porzellanfigürchen. Davor ein

Läufer, Seide geknüpft, den beiden blauen Drachen nach chinesisch.

Blau, Braun, Grün, diese Farbtöne bestimmen den Raum. Das gehobenabürgerliche Ambiente hätte ich ihm gar nicht zugetraut, dem Herrn Elektroingenieur.

Ein Durchlass öffnet die Sicht zum Esszimmer. Darin einzig ein Tisch, mächtig wie das Buffet und umstellt von Stühlen mit Lederbezug. Auf der spiegelnden Politur der Tischplatte mittig ein Spitzendeckchen, darauf eine chinesische Vase mit Seidenrosen. Und kein Stäubchen!

Der Orientteppich ist es, der das Wohnzimmer beherrscht, ein Prachtstück, quadratisch und groß! Das innere Feld in gedecktem Rot, darin kreuzförmige ornamentale Gebilde, hell konturiert, im Wechsel mit dunklen Blüten in naturfarbiger Umrahmung. Ein umlaufendes breites Bordürenband wiederholt in Variationen die inneren Blüten. Orientteppiche faszinieren mich und dieser allemal. Während Umberto das Teelicht anzuzünden versucht, beobachtet er mich. *Ein Täbriz,* sagt er über das nächste verglimmende Streichholz hinweg. *Von einer Reise mitgebracht. Hanna kam im Bazar nicht an ihm vorbei.*

Hanna hieß sie also, seine Frau. Und offenbar reisten beide gerne. *Sie konnte sich für Formen und Farben des Orients begeistern.* Umberto weist auf die Wand hinter dem Sofa. Tatsächlich, drei Rollbilder mit japanischen Landschaften, die ich im Dämmerlicht nicht beachtet habe.

Alt?, erkundige ich mich aus Höflichkeit.

Hm! Für die angefertigt, die Derartiges unbedingt im Original besitzen wollen, sagt er und reibt das nächste Streichholz an. Er sei schon froh gewesen, dass es nicht der Fudschijama sein musste.

Aha, da gab es also eine ästhetische Grauzone zwischen Hanna und ihm, und, als könne er meine Gedanken lesen, fügt er an: *Hanna entstammt einer ausgesprochen bürgerlichen Familie.*

Und nun erfahre ich, nur das humanistische Gymnasium, ein kirchliches, sei für Hanna infrage gekommen, anschließend habe sie jedoch weder Theologie noch alte Sprachen studiert, sondern zur Verwunderung der Eltern Pharmazie ... *und heiratete einen Ingenieur mit Fachschulabschluss. Stell dir vor* er lacht *zudem Italiener!* Sein Arm schwenkt über das Inventar. *Die Möbel sind ihr Erbe. Bis zum Tod der Mutter haben wir uns mit der Einrichtung vom Discounter zufrieden gegeben, hatten ja auch andere Projekte. . . . Und nun lass' dir bitte Tee einschenken und nimm von dem süßen Plunder, wenn dir danach ist. Mir steht der Sinn nicht nach Süßem!*

Du denkst an die Tage in der Klinik?, frage ich vorsichtig.

Die Hand, die die Kanne hält, zittert. *An die denke ich, muss ich fortwährend denken. Man hat mir mitgeteilt, dass ein bösartiger Tumor an meiner Wirbelsäule sitzt. Klein, aber fein!,* meint er sarkastisch. *Nächste Woche beginnt der Zauber – Bestrahlungen oder Chemotherapie. Das Programm habe ich noch nicht vollständig begriffen. . . . Aber sprechen wir von anderem!* Er setzt die Kanne ab.

Mich interessiert, wie und womit du dich in deinem Alleinsein eingerichtet hast. Sag' mir zuvor, woran deine Frau gestorben ist. Hatte sie auch Krebs? - Hanna hatte Krebs. Vor acht Jahren ist sie gestorben.

Rita nicht, antworte ich nüchtern auf seine erste Frage nach meiner Vergangenheit. *Ein Verkehrsunfall! Ihr Wagen ist ausgebrannt.*

O Gott! Wie schrecklich! So ein Tod trifft ja völlig unvorbereitet! Wann war das?

Vor fast fünf Jahren.

Du wohnst aber nicht einmal zwei Jahre nebenan. Wo warst du in der Zwischenzeit?

Ein halbes Jahr bei meiner jüngeren Tochter in Mittelamerika. Das tat gut, aber die Rheinebene war stärker. Ich kam zurück, bin von Bruchsal nach Bühl umgezogen und schließlich in diese Stadt. Jetzt geht es mir besser. Und sollte mich die Einsamkeit einholen, rufe ich in San José an, buche einen Flug ab Zürich und fliege zu meiner Tochter. Mein Schwiegersohn ist ein lieber Kerl und Odile, meine Enkeltochter, ein reizendes kleines Mädchen, das sich auf den Opa freut.

Mit der Teetasse auf dem Unterteller lehnt sich Umberto auf der Couch zurück: *Wie schön, wenn man Kinder und sogar Enkelkinder hat!*

Mein Mund fühlt sich mit einem Mal so trocken an. Ich schenke nach. *Was ist das, was wir genießen?*, weiche ich weiteren Fragen aus.

Ein roter Assam. Nachdem ich ,Nachtzug nach Lissabon' gelesen hatte, musste ich ihn mir besorgen. Im Roman ein Getränk für sehr persönliche Situationen. Man kann sich an diesen Tee gewöhnen.

Daraufhin sieht er mich mit einem Blick an, den ich bis zu diesem Moment noch nicht an ihm wahrgenommen habe: mild, fast kindhaft-naiv.

Du ahnst zu Recht, ich lese nicht viel, aber das Buch hat mich gefesselt, zumal ich Lissabon einigermaßen kenne. War mehrfach mit Hanna dort. Ist ja nicht so weit, nur zwei Flugstunden - und die Stadt für ein längeres Wochenende allemal gut.

Ach ja? Von dem Buch habe ich gehört, sage ich. *Lauter begeisterte Leser bis auf einen, der meinte: zu philosophisch!*

Für dich?

Nein, für ihn! Angeblich kam er über hundert Seiten nicht hinaus. Ich kann das ja nicht beurteilen, müsste das Buch zuvor wenigsten anlesen.

Du solltest es lesen – und zwar vollständig!

Umberto stellt die Teetasse zurück. Wird er gleich das Buch holen? Nein, er bleibt, sieht mich merkwürdig ernst an.

Roland, mir scheint, dass du schreibst! sagt er streng, als habe er mich bei Unzüchtigem ertappt. *Ich sehe täglich die Reflexe des Bildschirms deines Computers im Fenster. So viel Post wirst du nicht zu erledigen haben. Vermute ich richtig?*

Du vermutest richtig, gestehe ich verlegen. *Und nun möchtest du wohl erfahren, woran ich bin, was ich mit dem Geschriebenen vorhabe?*

Selbstverständlich habe er sich das gefragt, erwarte aber keine Antwort. Die könne er sich selbst geben. Seiner Vermutung nach arbeite ich auf, was ich erlebt habe. Weshalb solle das einer in unserer Lage nicht tun? Und seit heute wisse er, dass Grund dazu besteht. *Das Gehen mit Stöcken kann ja wohl kein Lebensinhalt sein,* sagt er und schenkt sich Tee nach. *Nimmst du nichts Süßes?*

Ich greife nach einem Haferkeks. *Den werde ich wohl vertragen.*

O Himmel! Was tue ich nun damit? Ich wollte dir das Zeug schon mitgeben. Stell's den Putzmännern vom Hausmeister-Service auf die Treppe!

Er schlägt sich auf den Schenkel: *Kekse und Törtchen? Doch lieber Bier und Schinkenbrote für das Team.*

Vorsicht mit den Schinkenbroten und dem Alkohol!, mahne ich. *Mindestens einer wird Muslim sein und ein anderer vegan.*

Aus unserem Gelächter heraus steht er plötzlich auf, geht aus dem Zimmer und kehrt mit einem dicken braunen Briefumschlag zurück, DIN A4-Format und gebraucht. Er legt das gut gefüllte Kuvert neben sich auf das Sofa.

Roland, sagt er schließlich bedeutungsvoll, *darin sind Notizen: frühere Erinnerungen und nun auch aktuellere.*

Ach, deshalb hat er sich nach meiner Beschäftigung erkundigt! Gesehen und erlebt hat er wahrscheinlich mehr als ich.

Material zur Aufbereitung in einem längeren Text?, frage ich.

Ich kann das gewiss nicht so wie du. Umberto zögert, streicht beinahe zärtlich über das Kuvert. *Ich möchte es dir gerne überlassen und dich bitten, meine Aufzeichnungen zu sichten. Bleibt mir noch Zeit, will ich mit dir darüber sprechen, was damit geschehen könnte. Wenn nicht, weiß ich meine Aufzeichnungen in guten Händen und gebe dir jede nur erdenkliche Freiheit, damit zu tun, was du für richtig hältst. Kinder habe ich ja keine!* Das sagt er ohne sentimentalen Anklang und schiebt mir das Kuvert über den Tisch zu.

Ein ganzes Leben auf Notizzetteln in einem Kuvert? Mich beschleicht ein Gefühl zwischen Mitleid und Neugierde. Er rechnet wohl mit allem! Was soll ich nun tun? So entschieden er auch meine Verfügungsrechte hervorgehoben hat, er fehlte als Ansprechpartner. Ich hätte zu interpretieren, müsste raten, mich um Zusammenhänge mühen. Die Last, die er mir aufträgt, wiegt schwer, viel schwerer als ein gefülltes Kuvert. Ich muss zunächst gelesen haben, bevor ich mich entscheide.

La prossima volta!, rette ich mich mit seiner eigenen Floskel. *D'accordo!*, sagt er. *Così la busta resta da te, senza il rischio di una decisione.* Also hat er mich durchschaut.

*

Das risikolose nächste Mal gab es nicht. In kurzen Abständen folgten unzählige Stunden Chemotherapie oder Bestrahlung im Klinikum. Über Wochen ging das so. War er da, lief der Fernsehapparat von morgens bis abends. Selten begegnete ich ihm im Treppenhaus: eine Strickmütze auf dem kahlen Schädel, die dunklen braunen Augen von grau schimmernden Ringen unterlegt, die Nase lang und spitz – wie ein Ausrufezeichen im Gesicht –, seine schlanke Gestalt gebeugt und abgemagert, langsam in den Bewegungen. Den grünen Nylonbeutel in der Hand, stand er vor dem Aufzug. *So ist es!* meinte er und betrat den Lift. Die Tür begann sich zu schließen. Durch den sich automatisch verengenden Spalt rief er mir zu: *Ciao, alla prossima!*

Nach Monaten keine Spiegelung seines Fernsehbildes mehr, kein Aufeinandertreffen im Haus und eine ungewohnte Stille in der Nachbarwohnung!

An einem Vormittag nahm ich Geräusche im Hausflur wahr. Die Tür zu Umbertos Wohnung stand offen, drinnen Stimmen zweier Männer. Ein dritter, mir fremd, aber im Arbeitsdress unseres Hausmeister-Dienstes, trat mit Reinigungsgerät aus dem Aufzug. *Wir machen Vorreinigung, dann kommen Frauen von Spedition, wir anschließend nochmal,* sagte er, als habe er mir eine Begründung zu liefern.

Aus der Wohnung trat einer der beiden Putzmänner zu uns, die wöchentlich das Treppenhaus reinigen. Achselzuckend meinte er: *Spezialauftrag, Nachbar zieht aus!*

Ein Umzug ist noch nicht das Ende, dachte ich. Doch so, wie Umberto zuletzt aussah, ist nichts auszuschließen.

Arrivederci Roland! Forse tra due settimane, forse tra un mese. Chi lo sa?, hatte er vor Wochen stoisch auf der Treppe gesagt.

Die zu erwartende Nachricht erreichte mich weder nach zwei Wochen, noch nach einem Monat, jedoch nach der Räumaktion der Anruf eines Immobilienmaklers. Ob er mir den Schlüssel zur Nachbarwohnung überlassen dürfe? Er habe Interessenten, die könne er aber bei kurzfristig angesetzten Besichtigungsterminen nicht in jedem Fall begleiten. Ob ich vielleicht so freundlich wäre . . . Ich wollte es nicht sein. *Hören Sie! Wer verdient damit das Geld, Sie oder ich?,* sagte ich und legte auf.

Tage später eine weibliche Stimme am Telefon. *Anwaltskanzlei Röder & Röder, guten Morgen! Sie sprechen mit Beate Schmidt. Einen Moment bitte, ich verbinde zu Herrn Rechtsanwalt Doktor Röder.* - Minuten vergingen bei Mozartklängen, bis der Herr die Akte zur Seite gelegt hatte und das Gespräch übernahm. Minuten, in denen ich davon ausging, dass der Makler versucht, Druck auf mich auszuüben und seinen Hausanwalt vorspannt.

Er habe es übernommen, sagte Doktor Röder, die Interessen von Herrn Hubert Fallini zu vertreten, der nach Italien verzogen sei. In der Akte habe er bislang die Gesprächsnotiz seiner Sekretärin übersehen, die laute: *Bitte auf nachdrücklichen Wunsch von Herrn Fallini, seinen Nachbarn, Herrn Roland Ruf, nach Abreise verständigen. Sorry*

Herr Ruf, in all der Termindichte kann das leider vorkommen.
Sie verstehen?

Selbstverständlich verstand ich und erfuhr, dass Umberto nach Vignole di Arco im Trentino verzogen sei. Dort besitze er ein Haus, fühle sich zwischen Landsleuten wohler als hier unter Fremden und finde Versorgung in der Onkologie des Klinikums von Rovereto. Ich könne ihn erreichen unter 0039-464- . . . . . . *Ich danke für Ihr Verständnis*, sagte der Anwalt und legte auf. Ein Freundschaftsdienst steht wahrscheinlich nicht in der Gebührenordnung.

Zu diesem Zeitpunkt hatte ich Umbertos Notizen lediglich durchgesehen und nach dieser Mitteilung konnte ich mir sein Verschwinden einigermaßen erklären: einerseits das Ende vor Augen, andererseits die Schönheit dieser Welt und das von ihm mehrfach erwähnte Haus in einem Teilort von Arco mit Sicht auf die Burg über dem Olivenhain, von Albrecht Dürer so trefflich gezeichnet. Gelegentlich hatte mir Umberto vom Haus in Vignole erzählt, von der gewundenen Straße hinauf zum Plateau bei Santa Barbara, oberhalb von Ronzo, mit den K.-u.k.-Schützengräben aus dem Ersten Weltkrieg, den Gipfelhang des Monte Stivo im Rücken und vor sich den weiten Blick über den Gardasee. Er schwärmte von Spaziergängen mit Hanna in dieser gewiss wunderschönen Berglandschaft und von den Touren, die sie in die weitere Umgebung unternommen hatten.

Beim Erinnern verspürte ich Lust, meine Tasche zu packen, ein Bahn-Billet zu buchen und unangemeldet bei ihm aufzukreuzen. In seinem Haus würde es wohl – meinetwegen unter dem Dach zwischen abgestelltem Gerümpel - ein Nachtlager für mich geben. Leider bin ich, das will ich gestehen, zu derartigen Aktionen nicht fähig. Mit Rita wäre das anders gelaufen. Sie hätte im Internet nach einem Hotelzimmer gesucht und wir hätten uns ins Auto gesetzt. Das mute ich mir inzwischen nicht mehr zu.

*

Ein Jahr ist seitdem vergangen. Nun habe ich gelesen und Umbertos Geschichte hat mich nicht mehr losgelassen. So manches bleibt mir rätselhaft. Ich müsste ihm Fragen stellen können, um über seine Antworten durchgängige Strukturen zu finden.

Immer wieder sind italienische Redewendungen eingebaut, die ich mit Hilfe des Wörterbuchs der Spur nach verstehe. Sie wirken zunächst floskelhaft, doch erkennbar ist die Absicht, mit dem Kolorit des Italienischen die Authentizität hervorzuheben. Schließlich die Sprünge vom Episodischen zu Zeiträume überstreichenden Schilderungen. Mir liegt dieser Stil, doch es macht einen Unterschied, ob ich aus eigenem Erleben berichte oder den Gedankenbildern eines anderen folge. Über manchen Textstellen liegt ein Schleier aus Andeutungen. In andere hat er in winziger Schrift Ergänzungen einfügt, Korrekturen vorgenommen, mit Querverweisen die Zeitfolge durchbrochen.

Solange ich nicht klar sehe, wohin sich seine Gedanken in diesen Passagen bewegen, wäre der Versuch, einen zusammenhängenden Text zu schreiben, ein Kartenhaus.

La linea è occupata! Nel caso che . . . die Stimme auf dem Anrufbeantworter. Hat er den Stecker gezogen? Jedenfalls bekam ich ihn nicht ans Telefon. Mit Blick auf die Fülle seines Materials konnte ich dem Reiz trotzdem nicht widerstehen, in diese andere Personalität zu schlüpfen, um nachzuvollziehen, was einer empfindet, der einen historischen Bruch durchlebt hat und seine Identitätsfindung als Kind und Jugendlicher abrupt wechselnden Bedingungen anpassen musste.

Mein Plan war, thematisch sich ergänzende Notizen in Abschnitten zusammenzufassen. Dennoch wollte ich in Umbertos Texte nicht öfter eingreifen, als für das Verständnis notwendig ist. Sprachlich hat er versucht, den Bezug zum Alter des Erzählenden herzustellen. Erkennbar ist eine Dreiteilung: Kind – Jugendlicher – Erwachsener. Das Kind spiegelt in seiner Erzählweise, was ihm später berichtet wurde. Ein dünner Faden der Erinnerung mag hierbei für eine zeitliche Ordnung des Erlebten sorgen. Das gilt auch für den Jugendlichen, jedoch sind seine Erinnerungen nun dichter besetzt. Die Sprache des Erwachsenen fließt, das zeigen Textlänge und Format der beschriebenen Zettel. Ich vermute, dass Umberto nach dem Tod seiner Frau sporadisch auf diesen zu notieren begann, abhängig von wechselnden Gemütsverfassungen. Durchweg hat nun ein gereifter Mensch geschrieben.

Umbertos Fähigkeit, unter gegebenen Bedingungen das für ihn Günstige zu erreichen, bleibt über den Wechsel der politischen und gesellschaftlichen Umstände hinweg spürbar. Mit Intelligenz und Fleiß passt er sich an.

Ein Familienbild in Zeiten des Umbruchs, ob in Deutschland oder in Italien! Abgesehen von seiner Identitätsfindung im Spagat zwischen zwei Kulturen, entdeckte ich Spuren eigener Erinnerung. Das gab mir den Mut, die Aufarbeitung letztendlich ohne seine Auskünfte zu wagen.

Umbertos Textänderungen und Anmerkungen füge ich in verkleinerter Schrift ein, wenn sie Aussagen präzisieren oder erweitern. Er wird zufrieden sein, hoffe ich. Und eines ist sicher: Mit meinem Entwurf werde ich in Vignole vor seiner Pforte stehen, in welchem Zustand auch immer ich ihn antreffe . . . oder auch nicht mehr!

◆

Am 12. August war es soweit. Mama kam in die Wehen. Eine Hausgeburt. Endlich!, wird sie zwischen Schmerzen gedacht haben. Täglich mit dickem Bauch zum *fornaio* im Dorf und kein Mann im Haus! Ab und an kam einer auf dem Motorrad. *Chi è? – Insomma, chi lo sarà!* Wer wird es schon sein!, flüsterte man sich zu.

Der *nonno* soll beim ersten Stöhnen der Tochter in den Weinberg verschwunden sein. Die *nonna* hat Wasser auf dem Küchenherd aufgesetzt und Holz nachgelegt. Irgendwann wird die Hebamme gekommen sein. Mama sagte mir, ich war eine normale Geburt. Der *nonno* hat es abgelehnt, sich das Kindchen anzusehen. Wie wirst du es nennen? fragte die *nonna*. Wir müssen Don Cremaso verständigen, drängte sie. Ein ungetauftes Kind im Haus, das gehe nicht, eine offizielle Taufe in der Kirche auch nicht. Mama erzählte mir, Cremaso sei ein Spitzname gewesen, denn der Priester schmeichelte den Faschisten. Im Dorf war man dem verbotenen *Partito Popolare Italiano* zugeneigt. An meinen Papa dachte nur meine Mutter.

Felipe, sagte die Mama. Dann *Umberto Felipe*, bestimmte die *nonna*. Im Herzen eine königstreue Frau aus wohlhabender Familie und jetzt doch stolz, einen Enkelsohn in der Familie zu haben. Es gab ja nur noch eine wesentlich ältere Tochter, die Annabella. Nichts an ihr war *bella*, unverheiratet und ein Drachen war sie, meine *zia*. An die kann ich mich erinnern. *Wisch dem Kind endlich den Mund ab!*, sagte sie bei Tisch zu Mama. Ich war drei oder vier und hatte wahrscheinlich mit dem Löffel in der *minestrone* gespielt.

Die *nonna* war lieb zu mir, der *nonno* beachtete mich kaum, dafür die *zia* umso mehr. Sie hatte ständig etwas an mir auszusetzen. Mama musste mit dem *nonno* in die Weinberge, aufs Feld und mit Gemüse auf dem Pferde-karren zum Markt in die Stadt. Das war Castelnuovo Don Bosco, nicht weit. Als ich sprechen und alleine *fare pipì* konnte, nahm sie mich mit, raus aus *zia* Annabellas Ein-flusszone.

Markt – das war für mich ein Erlebnis! Mama hatte wenig Zeit für mich. Ich lief umher und entdeckte zwi-schen Bekanntem - wie Oliven in Fässern - Neues, zum Beispiel Pilze. *Dov'è Umberto?* rief sie manchmal, und die anderen Marktfrauen riefen *l'ho visto da Mariella* oder *da Claudia* oder *da Marco.* Marco war mein Freund. Er ver-kaufte die Pilze und ich durfte die zerdrückten oder ma-digen aussortieren.

An einem Februartag fuhr Mama mit mir ans *mare*. Davor und danach ging das nicht: Ein Schwein schlach-ten, Schinken und Salami herstellen, Reben schneiden und anbinden, auch der Obstbaumschnitt, Gemüse an-ziehen, im Garten auspflanzen, mit *nonno* zum Pflügen, Säen, Hacken aufs Feld, erster Salat, Erdbeeren, die Kir-schen, das Gemüse ernten, alles verkaufen, dann bald die Trauben, das Keltern, Nüsse von den Bäumen schlagen, auch die *olive.* Das ist eine lange Liste und bestimmt nicht vollständig. *Zia Annabella* erledigte mit der *nonna* die Hausarbeit und am Abend stickte sie. /Wofür nur?/ Vor allem hatte sie das Rechnungswesen in der Hand. Auf dem Markt schrieb Mama auf, was sie verkauft hatte und zuhause rechnete die *zia* nach. Die taugte mit ihrem schlimmen Rücken nicht zur Arbeit draußen.

Papa war auch mit ans Meer gekommen. Inzwischen kannte ich den Mann, der mein Vater war. Manchmal brachte er mir Spielzeug oder *dolci* mit. /Ich liebte *caramelle*/ Das sah die *zia* gar nicht gern und versteckte die Sachen. Später sagte mir Mama, dass der *nonno* mittlerweile in mir den künftigen *agricoltore* sah und deshalb erst recht nicht wollte, dass ich meinen Vater kannte.

Also, der Papa verwöhnte mich ein bisschen und nahm sich an den vier Tagen am Meer richtig Zeit. Auf der Heimreise deutete Mama an, dass er bald immer Zeit für mich haben würde und vielleicht auch für ein Geschwisterchen. Was ich mir denn wünsche? Die Jungs im Dorf waren oft grob zu mir und ich war ein zartes Kind. Mit Mädchen verstand ich mich besser. Manche taten geheimnisvoll und zeigten mir dann, wie sie unten aussehen. Bezüglich des Unterschiedes zwischen Jungen und Mädchen war ich also aufgeklärt und wünschte mir ein Schwesterchen. Das teilte ich Mama in einer Mischung aus Stolz und Scham mit. Ich dürfe von alldem nichts sagen, trug sie mir auf. Vor allem solle ich mich vor der *zia* hüten, die mich oft auszufragen versuche. So erwartete ich gespannt, was kommen würde.

Mama hatte heimlich unsere Koffer gepackt. Ich war eingeweiht, dass wir Papa folgen würden und trug meine

Spielsachen zusammen. Die *zia* wunderte sich, wie ordentlich ich plötzlich meine Sachen aufräumte.

Ich konnte nur mitnehmen, was in meinen kleinen Rucksack ging: den Stoffhund, von Papa einen Panzer zum Aufziehen, der schnarrend herumfuhr und Funken sprühte, zwei Soldaten und den Lastwagen aus Dosenblech, von Papa gebastelt. Dann noch mein kleines Schlafkissen. Das würde ich auf der langen Fahrt mit dem *treno* brauchen, sagte Mama. Ach, auch noch ein Buch, aus dem sie mir abends vorlas: ,Le avventure di Pinocchio'.

Heimlich kann man zwar in einem verwinkelten piemontesischen Bauernhaus packen, aber es nicht unbemerkt verlassen. Eines Tages nach dem Frühstück stand Carlo mit seinem betagten Fiat-Lieferwagen vor dem Haus. Ich lief mit meinem Rucksack zu ihm. Er setzte mich ins Auto. Drinnen im Haus Geschrei, Gezeter. Mama kam mit den beiden Koffern, die Carlo auf die Ladefläche hob, und stieg ins Auto. Ich saß zwischen ihm und Mama und freute mich darauf, zuzusehen, wie Carlo das Auto steuert.

Dazu kam es zunächst nicht, denn die *nonna*, gefolgt von der *zia*, stürzte aus dem Haus und kreischte: *Il tuo posto è qui da noi! Quello, che fai non va bene . . . assolutamente no! Mia figlia, il nostro nipotino in Germania? La Germania è in guerra! . . . I due, non rivederli mai più nella mia vita!* /die beiden sehe ich in meinem Leben nicht wieder!/

Sie stellte sich vor das Auto, hinter ihr die *zia*, die sich die Hände vors Gesicht hielt und jammerte: *Carlo, ascolta una povera madre Lasciami i miei carissimi. Tu hai ancora una madre! /Lass mir meine Lieben! Auch du hast eine Mutter!/* Carlo ließ den Motor an, lehnte sich aus dem Fenster und sagte trocken: *Tutto è pagato, Signora!* /Eine klare Sache in Italia!/ Dann fuhr er an. Die *zia* nahm die Hände vom Gesicht und zog die weinende *nonna* zurück ins Haus.

1942 – 1943

Papa erwartete uns in einer größeren Stadt / das war Karlsruhe/ auf dem Hauptbahnhof und nahm Mama in die Arme. Mir gab er flüchtig einen Kuss, schnappte die beiden Koffer und lief uns eilig voraus. Dass Hauptbahnhöfe düstere Hallen sind und noch dunklere Unterquerungen die Bahnsteige verbinden, wusste ich inzwischen, weil wir unterwegs umsteigen mussten: Milano – Monaco /München/ – Stoccarda /Stuttgart/, um nur drei zu nennen. Manchmal blieb der Zug einfach stehen. *Fliegeralarm!*, sagten die Leute um uns. Das Wort verstand ich zwar /damals/ nicht, ahnte aber, dass es sich um etwas Schlimmes handeln musste, das mit Krieg zu tun hatte. Ich war sechs, hatte in der *scuola elementare* Bilder gemalt und Papierblumen gebastelt für die Helden an den Fronten in fremden Ländern. Krieg, das war Schießen, Töten für *la patria*, und manch einer würde nicht zurückkehren, das ahnte ich auch. Papa sah im dunklen Mantel und mit Hut nicht nach einem Soldaten aus /für mich im Moment beruhigend/. Wir stiegen eine lange Treppe hinauf zu einem Bahnsteig. Hier stand ein Zug mit kleineren Wagen und vielen Türen. Papa öffnete eine, schob die Koffer hinein und zog uns über das Trittbrett hinauf. *Nach Rastatt?*, fragte er aus der offenen Tür einen Bahnbeamten. Der trug eine rote Mütze, sagte ja-ja und blies in eine Trillerpfeife. Papa zog mit Schwung die Tür zu. Die Lokomotive pfiff und der Zug fuhr an. Er war voller Menschen. Papa setzte mich auf einen unserer Koffer und hielt mich. Ich wollte nur noch schlafen und drückte den kleinen Stoffhund an mein Gesicht. /Eigentlich war ich schon zu alt für Stofftiere./ Doch dann mussten wir wieder einmal umsteigen.

Mein neuer Wohnort hieß Michelbach. Das Dorf lag nicht weit von Gaggenau entfernt, ein langgezogener Ort mit Fabriken. Die größte stellte Lastwagen her – Papas Arbeitsstelle. Von Mama wusste ich, dass Papa Mechaniker ist. Hier war er etwas anderes, eventuell sogar Ingenieur.

Ab 1941 wurden Arbeitskräfte aus der italienischen Industrie herausgezogen und in deutsche Werke gesteckt. Umbertos Vater kam nach Abschluss einer Höherqualifikation offenbar freiwillig. Mussolini forderte 1943 die italienischen Arbeitskräfte von Hitler zurück. Umbertos Vater blieb – beteiligt an kriegswichtiger Produktion.

Wir wohnten im *seminterrato*/ Kellergeschoss / eines Hauses am Hang: zwei Zimmer, Küche, Klo /eins mit Wasserspülung, wie das in der *scuola elementare*/. Die Waschküche am Ende des Flurs war unser Bad. Warmes Wasser gab es, wenn der Waschkessel angeheizt war, etwa dreimal pro Woche. Die Familie über uns, drei Frauen und fünf Kinder, darunter ein Baby, wusch regelmäßig. Wir auch. Also hatten wir oft warmes Wasser. Mama und ich fanden das bequem. Zu Hause musste man Wasser in der Küche auf dem Herd erwärmen. Hier lief das warme Wasser über eine Leitung zu einer verzinkten Sitzbadewanne. Papa hat mir das alles gezeigt. Ein weiterer Unterschied: Papa fuhr morgens mit dem Rad zur Arbeit und kam am Abend zurück. Ich sah ihn also jeden Tag. Er fragte mich regelmäßig nach dem Stand meiner Deutsch-Kenntnisse und las mit mir in der Fibel. /Nachträglich glaube ich, dass ihm das Üben auch genützt hat./ Mama besuchte einen Sprachkurs in Gaggenau. Sie tat sich schwer mit der deutschen Sprache, ich dagegen nicht so sehr. Der Grund hatte einen Namen: Ingrid, das gleichaltrige Mädchen aus der Familie über uns. Die Schule war so klein, dass Mädchen und Jungen gemeinsam unterrichtet wurden – die Mädchen links, die Jungen rechts vom Pult aus. So behielt das Fräulein Lehrerin die vierzig Kinder besser im Blick. Mit Ingrid ging ich morgens zur Schule und / kam mit ihr auch / mittags zurück. Sie gab sich große Mühe, sich mit mir zu unterhalten. Mir gefiel das, mir gefiel Ingrid überhaupt / mit ihren dicken Zöpfen /. Die Schule war langweilig, der Schulweg mit Ingrid nicht. Sie zeigte ~~immer~~ /unentwegt / auf etwas und sagte das deutsche Wort langsam und deutlich, zum Beispiel S t a l l. *Allora la stalla,* sagte ich. Das war einfach und wir lachten. Natürlich blieb es nicht so einfach. Manche deutsche Wörter bestehen aus zwei oder drei Wörtern. Ohne Ingrid hätte ich das nicht so rasch kapiert. Sie sagte /zum Beispiel/ S c h u l–h a u s. *Allora, edificio scolastico*, habe ich dann geantwortet. Bei D o r f–s t r a ß e war das wiederum einfach, weil wir uns darauf befanden, also *strada del villagio*. Ich glaube, Ingrid kannte bald so viele italienische Wörter wie ich deutsche. In der Schule schrieb ich von der Tafel ab / verstand aber das wenigste /.

Die drei Frauen über uns waren zwei Schwestern mit ihren Kindern – alles Mädchen - und die Mutter der Frauen, die Oma, wie man auf Deutsch zur *nonna* sagt. Ingrid war das älteste Mädchen. Ihre Schwester hieß Kerstin und war fünf. Mit beiden spielte ich. Außer Papa gab es keinen Mann im Haus /und der war Italiener /, weil die deutschen Männer an die Front mussten. Bald stand für mich fest, dass ich Ingrid einmal heiraten werde, für Ingrid auch. So hatten wir ein Geheimnis, /das wir die anderen spüren ließen /. Das gefiel der Mama von Wiltrud (4), Sieglinde (3) und Krimhilde /das Baby/ nicht. Wir durften nur noch unter Aufsicht spielen, oder sie las uns aus einem Buch vor. /*Germanische Götter- und Heldensagen, wie ich heute weiß.*/ Die Tante von Ingrid sprach immer irgendwie schrecklich feierlich. An bestimmten Stellen hat sie den Finger angehoben, zum Beispiel als Siegfried mit dem Drachen kämpft. Sie sagte dann, passt gut auf Kinder! So kämpft ein deutscher Mann und Wotan /ein Hund?/ wird ihn beschützen. Weil das für mich langweilig war, ging ich lieber zu Mama in die Küche und half ihr.

Die deutsche Frau bekommt viele Kinder, besorgt das Heim und hat lange blonde Haare, weil sie ja germanischer Abstammung ist. Das habe ich in der Schule gelernt. Mama hatte dunkle Haare und bekam kein Kind mehr, seit sie nach unserer Ankunft einige Tage im Krankenhaus war / eine Fehlgeburt, wie ich später erfuhr /.

Ich sprach bald einigermaßen deutsch, kam in die nächste Klasse und entdeckte, dass mit den Jungs Fußball und *Räuber und Gendarm* im Wald zu spielen, dem andauernden Mann-und-Frau-Spiel vorzuziehen war. Wie meinte doch Ingrids Tante: Der deutsche Mann zieht in die Welt und kämpft für den Sieg der germanischen Rasse. Ich sah nun mit meinen dunklen Locken wirklich nicht wie ein Germane aus, deshalb ernannten mich die Spielkameraden zum Räuberhauptmann. Ewig der Verlierer zu sein und sich gefesselt abführen lassen, dass gefiel mir auf Dauer nicht. Also stiftete ich meine weniger blonden Räubergesellen /nach der Haarfarbe hatten wir uns eingeteilt/ zu listig vorbereiteten Attacken an. Die blonden Gendarmen suchten uns und tappten in die Falle. So fand ich Anerkennung und hatte überhaupt kein Heimweh nach *Italia*. Ich glaube, Mama auch nicht. Im Winter lag richtig Schnee. Ingrid hatte einen Schlitten und ging mit mir zum Rodeln auf den Hang hinter dem Haus. Manchmal mussten wir die jüngeren Mädchen mitnehmen, was wir nicht gerne wollten. Saß ich hinten, stemmte ich bei voller Fahrt eine Ferse in den Schnee. Der Schlitten dreht sich und kippte. Die Mädchen fielen in den

Schnee. Ingrid lachte, die Kleinen heulten und wollten nach Hause. Das hat Spaß gemacht!

1944

Im Frühjahr hat sich Mama im Garten um das Haus an die Arbeit gemacht. Der hat schlimm ausgesehen, weil darin niemand etwas tat. *Pianpiano* /nach und nach/ hat sie aus ihm eine Gemüseplantage gemacht. Sie hat die Erde /mit dem Spaten/ umgegraben und Papa hat ihr geholfen, wenn er Zeit hatte. Auch die Mutter von Ingrid ist dabei gewesen, und die Oma hat im Ort organisiert, was die Frauen brauchten. /Das war wohl nicht immer einfach/. Dann ist auch noch ein Hühnerstall entstanden, den Papa gebaut hat. /Er hat ja nicht geraucht, deshalb stand seine Zigarettenzuteilung für Balken zur Verfügung./ Arbeitsgerät hat er aus der Fabrik mitgebracht, auch Draht und Nägel. Wir Kinder haben in der Nachbarschaft nach Latten und Brettern gefragt, die man in Schuppen und Scheunen vergessen hatte. Auf dem Dachboden gab es eine Rolle Dachpappe, für alle Fälle, wie die Oma gesagt hat. An den Fall, dass über unserem Schwarzwaldtal Bomben abgeworfen werden, hat sie nicht geglaubt, Ingrids Tante auch nicht. *Die kühnen Piloten unserer Luftwaffe in ihren Messerschmitt-Jägern werden die alliierten Bomber vom Himmel fegen.* Wenn die Sirenen heulten, ist sie trotzdem mit uns in einen Luftschutzkeller gegangen, weil der Führer das so wollte.

Drei Hühner zogen in den Stall ein: Gerlinde, Doris und Waltraud, benannt nach Mädchen in unserer Schule, die Ingrid und ich überhaupt nicht leiden konnten. Der Garten war groß und lieferte frisches Gemüse, Kartoffeln und die Hühner /bald fünf/ Eier. Gehungert haben wir nicht. Was nicht sofort zu verbrauchen war oder eingedünstet wurde, ließ sich tauschen. Mehl war ein begehrtes Gut. Papa zog manchmal sonntags mit einem gefüllten Gemüsekorb auf dem Gepäckträger seines Dürkopp-Rades los und kam mit einem Säckchen Mehl zurück. Über seine Mehlquelle sprach er nicht. Es fragte ihn auch niemand im Haus /das Mehl war wichtiger/.

Denke ich heute darüber nach, so sage ich mir, dass Bauern und Mühlenbesitzer kein Frischgemüse brauchten, von Papa auch keine Zigaretten. Sie hatten ja Gärten wie wir. Mit Zigaretten bezahlten die Leute aus der Stadt, die keine Gärten hatten. Ich habe den Kantinenwirt einer Fabrik in Verdacht, der machte Tauschgeschäfte. Bei dem war Papa oft. Man musste äußerst vorsichtig sein, weil es Petzer gab. Die waren neidisch und meldeten solche Sachen der Gestapo. /Heute weiß ich, was das seltsame Wort bedeutet./

*

An dieser Stelle bricht Umbertos Bericht über die Jahre in Gaggenau ab und setzt erst wieder 1948 ein. Alliierte Luftangriffe am 20. September 1943 und am 3. Oktober des gleichen Jahres zerstörten nicht nur die Industrie-Anlagen in Gaggenau, sondern auch 70% des Ortes. Am 12. Januar 1944 wird der Firma, bei der Umbertos Vater beschäftigt war, eine Stollenanlage in einem Schwarzwaldtal bei Haslach zugewiesen. In der Nähe der Stadt Gaggenau, im heutigen Ortsteil Bad Rotenfels, befand sich ab August 1944 ein Zwangslager mit etwa 1600 Häftlingen, verlegt von Schirmeck-Vorbruck im Elsaß. Von dort wurden auf Anforderung eines Betriebsleiters 650 Häftlinge nach Haslach verlegt. Sollte Umbertos Vater davon nichts gewusst haben? Die Zerstörung der Stadt Gaggenau erwähnt Umberto nur beiläufig. Das Dorf Michelbach liegt etwa drei Kilometer nördlich von Gaggenau in einem Nebental und wird weitgehend verschont geblieben sein, obschon die flächenhafte Bombardierung über die eigentlichen Ziele hinaus streute. Mich verwundert, dass Umberto seine Ängste nicht beschreibt. Detonationen müssen über die Distanz weniger Kilometer auch in einem Luftschutzraum im Dorf zu Entsetzen und Todesängsten geführt haben. Ebenso fehlen Informationen über Kriegsende und Einmarsch der französischen Truppen. Wo war der Vater zu diesem Zeitpunkt? Aus späteren Notizen erfahren wir, dass er nach einiger Zeit verschwand. Zwischen Kriegsende und Rückkehr der Mutter mit dem Sohn nach Italien liegen fast drei Jahre. Es bleibt im Dunkeln, ob der Vater zunächst festgenommen wurde, bald als ausländischer Arbeitnehmer freikam und schließlich doch verhaftet wurde, nachdem die Franzosen und die von ihnen eingesetzten Behörden mehr und mehr Überblick über die Zustände im Lager Rotenfels und die dortigen Verantwortlichkeiten gewonnen hatten. Wie in Umbertos Notizen erwähnt, ist aufgrund eines Briefes, den der Vater im Februar 1950 an seine Frau schrieb, davon auszugehen, dass er als Mitschuldiger am Schicksal der Häftlinge zu einer Haftstrafe verurteilt worden war. Die Mutter, eine praktische Frau und im Ort bekannt, wird sich mit unterschiedlichen Arbeiten durchgeschlagen haben, bis sie schließlich den Entschluss fassen konnte, mit Umberto in ihr Heimatdorf im Piemont zurückzukehren. Das war in jener Zeit mit großen Schwierigkeiten verbunden und vermutlich erst nach Überwindung bürokratischer Hürden zu wagen. Auch über die Vorbereitung und den Verlauf der Reise lässt uns Umberto im Ungewissen, obschon er seinem Alter gemäß manches mitbekommen haben wird. Im Verschwinden des Vaters sehe ich den Grund seines Schweigens über all die Widrigkeiten, die das Kriegsende der kleinen Familie gebracht hat. Die Angst vor Verlust des Vaters und nachfolgend die Scham, Sohn eines wegen Kriegsverbrechen Verurteilten zu sein, schließt ihm noch Jahre später den Mund. Carlo, der Kommunist, redete dagegen Klartext.

ca. 1948

In Torino angekommen, erwartete Carlo Mama und mich am Bahnhof mit dem gleichen alten Fiat, der uns auf der Reise nach Deutschland bereits als Taxi gedient hatte. Für Carlo schienen die Jahre im Gleichmaß *di un viticoltore* vergangen zu sein, vom Rebschnitt bis zur Lese und von dieser wiederum bis zum Rebschnitt. Er ging um den Wagen, schlug mit der Hand gegen die Motorhaube und meint wortkarg *pezzo di ricambio* /Ersatzteil/. Unser Gepäck war umfangreicher als damals: zwei große Koffer, ein kleiner und mein deutscher Schulranzen. Den Stoffhund hatte ich zum Abschied Ingrid geschenkt. Ich wette, er sitzt nun hinter dem Kopfkissen in der Ecke ihres Bettes. Der Panzer und der Lastwagen aus Büchsenblech sind längst zerlegt und auf dem Müll gelandet. Ich war nun fast zwölf und mindestens einen Kopf gewachsen. Die *nonna* stand auf der Schwelle ihrer Haustür, drückte ein Taschentuch ins Gesicht und sah zu, wie wir abluden. Dann nahm sie Mama in die Arme, anschließend mich. Ich musste mich hinunterbeugen zu der kleinen alten Frau. Vor sechs Jahren war es umgekehrt. Der *nonno* hielt sich nicht etwa im Haus verborgen, er lebte nicht mehr. Die *zia* war auch nicht da. *Annabella ha trovato lavoro in Torino,* meinte die nonna. / Sie verpackte *pasta* in einer Nudelfabrik./ Der Hof, die Ställe, der Heuboden unter dem Dach – leer! Die *nonna* hatte alles verkauft oder verpachtet, was mit Landwirtschaft und Wein zu tun hatte. Sie war zu schwach und fand keine Hilfe in der Verwandtschaft. Das wäre hier so üblich gewesen, wenn - ja, wenn . . . Ich weiß es nicht und könnte nur die *zia* fragen. Mama wird den Garten übernehmen, da war ich mir sicher. Und ich? Ich werde erst einmal zu tun haben, Anschluss in der *scuola media* zu finden. Für mich stand fest: Ich werde Techniker, wie Papa einer ist. In Italien muss man die *media* abschließen und dann auf eine *professionale* wechseln, natürlich entsprechender Fachrichtung. Das wusste ich schon. Im nächsten Jahr werde ich dreizehn, komme aus einem zerstörten Land und will weiter im Leben / vorankommen /. Mama hat gesagt, dass es in Asti eine *media* gibt, die Deutsch als Fremdsprache anbietet. Asti ist weit, doch die Woche über könne ich dort bei *prozia Anna* und *prozio Fernando* wohnen. Anna ist die jüngere Schwester der *nonna*. Sie hat keine Kinder und beide sind bei der Post.

*

Umberto wechselt immer häufiger ins Präsens. Er ist nun Jugendlicher, sieht sich als selbständig Denkender und Handelnder. So belasse ich die Texte im von ihm gewählten Wechsel der Zeitformen. Die ich-betonte Selbstwahrnehmung des Pubertierenden und der Adoleszenz-Jahre wirkt in das Erinnern des älteren Menschen hinein. Zeitgeschichtliche Bezüge findet nur dann Erwähnung, wenn die Ereignisse Umberto unmittelbar berühren. Es gibt immer etwas, was man gerne verschweigt bzw. nicht allzu deutlich ausbreiten möchte. Umberto schätzt das Konkrete und bleibt lieber auf der einmal eingeschlagenen Linie. Einfügungen und Anmerkungen werden seltener, die Darstellung ist thematisch mehr und mehr geschlossen. Seine Einstellung zum Faschismus schimmert hin und wieder durch. Das Schweigen des Vaters über seine Rolle in Kriegsjahren bedauert er, kommt auch mit seinem Verschwinden nach der Kapitulation nicht zurecht. Aufs Ganze gesehen bleibt Umberto unkritisch. Nur ansatzweise findet eine Auseinandersetzung mit dem Vater statt. Die Mutter bewirtschaftete den Augenblick, überlebenswichtig in jenen Jahren.

ca. 1949

Luigi ist so etwas wie mein Freund. Zur richtigen Freundschaft ist die Entfernung zwischen unseren Dör-

fern zu groß. Ja, wenn ich erst eine Vespa haben darf, wird das anders sein. Wir sind vor dem Sportunterricht abgehauen. Der Lehrer merkt das bestimmt nicht. Der kleine Varesi petzt nicht mehr: einmal im Schwitzkasten und *basta*! Der Sport-*professore* – ich muss lachen, wenn ich zu ihm *professore* sagen soll – lässt abzählen, in Zweierreihe antreten und dann immer das Gleiche: Kniebeugen, auf der Stelle treten, immer schneller, aufspringen und sich strecken, auf der Stelle treten. Aufwärmen nennt sich das. Dann Matten auslegen, über den Bock springen oder am Barren schwingen, am Kasten dehnen, dann wieder Bock oder Barren. Manchmal dürfen wir an die Ringe. Das ist lustig, denn die meisten hängen an den Ringen *come un sacco di farina* / Mehlsack im Deutschen? /

Vor Mathe müssen wir zurück sein, so tun, als kämen wir vom Sport. Luigi wirft seine Kippe auf die Straße, ich ziehe nochmal an meiner. *Professore Caglio* ist unser Klassen-Chef. Zu ihm sage ich selbstverständlich *professore*, er hat ja etwas zu bieten. *Professori* sind hier alle Lehrer, urkomisch! Und erst die *professoresse*, noch komischer. Eine stöckelt auf hohen Absätzen herein, wirft das Lehrbuch auf den Tisch, hängt die Handtasche über die Stuhllehne und fragt laut und spitz: *per favore ragazzi, dove siamo nel libro?* Als wenn sie das nicht wüsste! Die in Deutsch ist ein bisschen anders, irgendwie begründeter, genauer, informierter. Verben konjungieren, mit diesen um Substantive herum Sätze bilden: *Ich sehe das Haus, du sahest das Haus* / altmodisch! /, *er hat das Haus gesehen* und so fort. Dann mit *ich werde, du wirst, er wird* . . . Auch irgendwie langweilig, doch da höre ich: *Umberto, come si dice in Germania per . . .?* Die Köpfe wenden sich nach mir - oder *zu* mir? Deutsch ist eine schwierige Sache in Italia. Wir hatten in Michelbach zum *verbo* Tuwort und später Zeitwort gesagt zum *sostantivo* Hauptwort, was doch logisch ist, denn man schreibt es am Anfang groß. Aber bring das einer mal in italienische Köpfe!

Allora ragazzi, che cos è un termine? - E poi l'equazione? /Unterschied zwischen Term und Gleichung / *C'è una differenza tra le due? Umberto, vieni alla lavagna e poi dacci una spiegazione* /Erklärung an der Tafel/. *Dai, sprigati un po',* / beeile dich / *per favore, come inalare un mozzicone di sigaretta* / Zigarettenstummel /. Professore Caglio merkt alles!

1949

Ingrid hat geschrieben, nicht viel, aber auf Italienisch! Ich glaube, sie hat sich etwas in den Kopf gesetzt: mich zu heiraten! Gott sei Dank hat Mama den Brief nicht gesehen. Sie würde gleich ~~sagen~~ / gesagt haben /: Gib her! Ich will lesen. Die *nonna* ist nicht in dieser Weise neugierig. Ich bin mir nicht sicher, ob sie überhaupt lesen kann. /Die Zeitung verwendete sie nur als Einwickelpapier./ Im Dorf gibt es Alte, die sagen, wenn du mit einem Zettel zu ihnen kommst: Lies vor! Du weißt doch . . . Ingrid ist in Italienisch noch lange nicht perfekt. Das wird dauern, was mir nur recht sein kann. Cristina von der Mädchenschule gegenüber würde kaum ertragen, dass ich von einer *ragazza* aus Deutschland Post erhalte. Sie ist vierzehn, also ein gutes Jahr älter als ich.

Und nochmals Post aus Deutschland! Papa hat sich gemeldet. Mama will erfahren haben, dass er in einem Internierungslager ist. Sie hat ihm über das Rote Kreuz geschrieben, also hat er ihren Brief bekommen. Mama hat der *nonna* und mir gleich gesagt, dass Papa sich offenbar nicht frei äußern kann. *Weshalb?*, habe ich gefragt. *Er ist doch Italiener! Ist er vielleicht gar nicht interniert, sondern hat er eine andere Frau?* Das frage ich auf Deutsch, weil die *nonna* daneben steht. Mama bekommt einen komischen Gesichtsausdruck. *Eventuell ist er gar nicht in einem Internierungslager.* Die *nonna* zuckt nervös, Mama fährt auf Italienisch fort: *L' indirizzo* / hier: Absender / *mi ha fatto riflettere. Una città in Germania e ♦solo il numero di una casella postale?* / Postfachnummer / Sie faltet das Blatt auf, ein Papier mit Linien. *Strano, tanto strano,* murmelt Mama, *Alessandro scrive in tedesco.* Papa schreibt, sagt sie wieder auf Deutsch: *Hier ist meine Zeit bald um. Alles nur noch eine Formsache! Dann bin ich wieder ein freier Mensch. Ich komme zu Euch, freue mich schon so sehr, meine Lieben. Wie habe ich Euch vermisst! Bin ein bisschen schlanker geworden. Ihr werdet mich schon erkennen! Trage noch immer meine alten Sachen, den grauen Anzug auf Bezugsschein und den Mantel aus besseren Zeiten. Die Schuhe sehen etwas abgenutzt aus und der Hut ist mir abhanden gekommen.*

Ich gebe Mama ein Zeichen, damit sie unterbricht und übersetze der *nonna* kurz und sinngemäß. Die nickt und meint nur trocken: *Mi sembra che lo rilascino dal carcere.* - *Aus der Haft?,* frage ich Mama erschrocken, schon beinahe wütend. *Was sagt die nonna da? Papa hat doch nichts verbrochen!*

Mama legt den Arm um mich. *Weißt du, sagt sie, ein Krieg ist immer eine ungerechte Sache. Ist er aus, sind die Sieger im Recht und die Besiegten im Unrecht. Papa stand auf der falschen Seite.*

Seit dieser Stunde in der Küche mit Mama, der *nonna* und dem Brief, grüble ich, was die Franzosen Papa vorzuwerfen hatten. Sie sind doch als Sieger in Gaggenau einmarschiert. Nach ein paar Tagen haben sie ihn abgeholt. Er sagte zu uns: nur für eine kurze Zeit zur Klärung verschiedener Dinge. So war das auch. Er hat wieder gearbeitet, war ja auch so viel kaputt im Ort. Doch später kamen die neuen Gendarmen und nahmen ihn mit. Ich war damals zehn und habe nicht gefragt. Später sind wir ohne ihn nach Italien gefahren, weil Mama das so wollte. Den Brief hat sie mir übrigens nicht zu lesen gegeben.

Ich habe mit Carlo darüber gesprochen. An Wochenenden und während der Ferien arbeite ich für ihn in den Reben und gehe ihm auch sonst zur Hand. Er ist Kommunist, sagt oft *piano, piano, compagno! Io, non sono uno sfruttatore.* /Deutsch Ausbeuter, oder?/ Er bezahlt mich ordentlich, weil ich auf eine Vespa spare und mit der einen einfacheren Schulweg hätte. *Imparare, studiare! Pensaci bene, questo è il motore del progresso,* ermuntert er mich und deshalb vertraue ich ihm.

Nachdem ich Carlo gesagt hatte, was Mama mir aus Papas Brief vorgelesen hat, wurde er nachdenklich und fragte mich, ob ich wisse, dass mein Vater ein Mitglied der faschistischen Partei Mussolinis gewesen sei. *Ja, das habe ich gehört,* bestätigte ich. *Also,* sagte er, *dein Vater ist kein einfacher Arbeiter gewesen, den sie in Hitlers Reich abkommandiert haben, wie so viele andere. Als ingegnere hat er an verantwortlicher Stelle in der Fabrik gearbeitet.* Ob ich auch wisse, dass es dort Arbeitskräfte aus einem Lager der Nazis gegeben hätte? *Ja,* sagte ich, *die habe ich manches Mal in Kolonne durch die Straße ziehen gesehen, zerlumpte, dünne Gestalten und neben und hinter ihnen Männer in dunklen Uniformen mit Gewehren.-* Allora, *das ist bestimmt der Grund, weshalb dein Vater nicht mit den anderen Italienern zurückgekommen ist! Er wird als Ausbeuter ihrer Arbeitskraft verurteilt worden sein und hatte eine mehrjährige Haftstrafe abzusitzen.* Als Faschist habe er mit den Nazis gemeinsame Sache gemacht und sei nach der Befreiung als Mitschuldiger am Leid der armen Menschen angeklagt worden. Er könne von Glück sagen, dass man ihn nicht zum Tode verurteilt hat und er nun freikomme – wahrscheinlich begnadigt, wie so viele rechtskräftig verurteilte Nazibonzen.

Ich hätte ihm am liebsten den Spaten auf den Fuß geworfen und schrie: *Mein Vater war kein Leuteschinder! Er hat getan, was er tun musste, sonst wäre er selbst dran gewe-*

sen! Er hat doch nicht die Leute ins KZ gebracht und sie dann ausgenutzt und verkommen lassen.

Piano, piano povero figlio di un fascista! brüllte er zurück. Wie ich mir denn das Beteiligtsein am Ausbeuten vorstelle? Lauter böse Männer, die Juden, Kommunisten, gefangene Feinde nach Lust und Laune hungern, verlausen und dann auch noch mit höhnischer Freude für sich schuften ließen? *Senti ragazzo!* sagte er, *das war ein durchdacht geplantes und mit unmenschlichen Ordnungsvorschriften organisiertes Dahinvegetieren unter Ausnutzung der letzten Kräfte dieser Elenden für den Endsieg der Rassenfanatiker. Menschen waren nur sie, der Rest Abschaum, Abfall.* Und in der perfekt organisierten Maschinerie der Vernichtung durch Arbeit sei mein Vater als *ingegnere* und *capo* in einem kriegswichtigen Unternehmen einer gewesen, der sich beteiligt hat, weil er schon mit einem faschistischen Gedankengut nach *Germania* gekommen war. Er breitete die Arme aus. Jaa, solange normale Arbeiter für die Produktion und den Erhalt der Produktionsmittel ausreichten, sei das ein friedliches Werken an Motoren für Fahrzeuge gewesen - Fahrzeuge für den Krieg, den Vernichtungskrieg Hitlers, beklatscht von Mussolini, der ihm dafür Fachkräfte versprach, weil die deutschen Facharbeiter massenhaft an den Fronten gebraucht wurden.

Er ließ die Arme sinken und meinte resigniert, das müsse doch einer im Alter von vierzehn Jahren allmählich begreifen, dass Papas keine Engel oder Helden sind.

Mein Vater ließ sich nicht am Bahnhof von Torino abholen. Er sandte uns einfach ein Telegramm. Es dauerte Wochen, bis er mit einem *Cinquecento* auftauchte, davon sprach, dass er bei der Mutter wohne und Arbeit in einer Garage gefunden habe. Ich glaube nicht, dass es an der *nonna* lag, dass er nicht mit uns lebte. Die machte ihm doch *gnocchi*, weil er die so gerne mochte und er so dünn war. Ab da hatte ich wieder einen Vater, der sonntags zum Essen kam, mit Mama in den Weinbergen spazieren ging und abends nach Torino zurückkehrte. Ich hatte keine Zeit. Ich war Torwart in einer Jugendmannschaft in Castelnuovo. Die Ligaspiele fanden sonntags statt, und ich war inzwischen fünfzehn.

Ende August 1953

Ich sitze in meinem Zimmer und schreibe an Cristina. Seit zwei Wochen bin ich in Mannheim. Wir haben eine Wohnung in der Stresemann-Straße und ich ein eigenes Zimmer. Die Stresemann-Straße ist gleich hinter dem Wasserturm, den die Mannheimer so lieben. Möbel fehlen noch. Ich schlafe auf einer Matratze auf dem Boden. Sonst gibt es nur einen Tisch und einen wackeligen Stuhl im Zimmer. Meine Wäsche und Kleidung sind im aufgeschlagenen Koffer. Die Stadt sieht schlimm aus, fast überall Ruinen, aber der Aufbau beginnt. Die Gegend östlich der Stresemann-Straße ist nicht zerstört. Schöne alte Häuser, manche mit Park. Ein Park ist auch in unserer Nähe. Dort treffe ich auf Jungs und spiele mit ihnen Fußball /kicken auf Deutsch/.

Nächste Woche werde ich mich bei BBC vorstellen. Es geht um eine Lehrstelle als Elektromechaniker. Papa hat den Termin für mich gemacht. Er ist schon seit letztem Jahr hier, wieder bei seiner alten Firma. Eine Wohnung hat er erst jetzt gefunden. Deshalb sind wir erst vor zwei Wochen nachgekommen. Ich habe die *professionale* in Asti ganz normal beendet und bin siebzehn. Passt also alles, wenn sie bei BBC mein italienisches Zeugnis akzeptieren.

Weshalb Mannheim und ausgerechnet der gleiche Arbeitgeber? Das fand ich merkwürdig. Papa sagte nur, dass er in Italia keine würdige Arbeit gefunden habe und zu wenig verdiene. In Deutschland gehe es aufwärts. Ein alter Bekannter aus Zeiten in Gaggenau habe ihm geholfen, hier eine Stelle zu bekommen, gut bezahlt und kein Vergleich zu Italia. Und die Wohnung? fragte ich. Ich sehe doch, wie zerstört die Stadt ist. Es wird zwar gebaut, doch die Deutschen hatten nach dem Krieg viele Millionen Vertriebene aus ihren ehemaligen Ost-Gebieten aufzunehmen, und der ist erst seit acht Jahren vorbei. Das weiß ich aus dem Geschichtsunterricht in der *media*. Wohnungen fehlen noch immer. Ich solle froh sein, dass ich ein eigenes Zimmer hätte, bald auch eine Lehrstelle und in Deutschland einen Berufsabschluss machen könne und danach eine sichere Arbeit hätte, und nicht unnütze Fragen stellen, sagte er und ging mit Mama ins Kino. Ach ja, Mama wird ihm keine unnützen Fragen stellen. Die findet Papa gut, die Stadt gut, die Deutschen gut. Auch wenn ich die Sprache einigermaßen spreche und glaube, was Papa über Ausbildung und Arbeit in Deutschland gesagt hat, bin ich doch traurig, nicht mehr im schönen *Piemonte* zu sein und vermisse die *nonna*, ihre *pasta*, den Fußball und natürlich Cristina. Das werde ich ihr jetzt schreiben: . . *mia colomba, poi nelle ferie vorrei venire, forse a Natale . . .*

1956

Die Lehre habe ich abgeschlossen, im Bereich der Industrie- und Handelskammer als Zweitbester in Elektromechanik. *Da sag' mal einer, die Italiener sind bequem und nur am dolce vita wirklich interessiert!*, stellte der Ausbildungsleiter in der Firma fest und schickte mich aufs Personalbüro. Prokurist Hanser gratulierte mir und meinte, *ab kommendem Monat sind Sie im Generatorenwerk angestellt und nach einem Jahr der Bewährung sehen wir weiter. Es gibt Fachschulen und Sie scheinen einer zu sein, den wir mit einem Stipendium unterstützen, wenn Sie nach der Ausbildung bei uns bleiben. Wir brauchen qualifizierte Fachkräfte noch und noch.* – So lief das dann auch.

1957

Ich verdiene nun Geld und habe den Führerschein gemacht und mir einen gebrauchten VW Käfer gekauft. Bin im Sommer mit Freunden zum Baden am Rhein. Meine Kumpel legen sich in aufgepumpte Lkw-Schläuche und lassen sich in der Strömung treiben. Das traue ich mir nicht zu, muss erst noch schwimmen lernen, vielleicht im Winter im Hallenbad in Weinheim. In Weinheim bin ich öfters, weil dort ein Bekannter wohnt. An den Wochenenden sehe ich mich hier in der Gegend um. Heidelberg, das Neckartal mit seinen Burgen, die Rebhänge und Obstgärten an der Weinstraße und der Odenwald, der wirklich ein Wald ist, das ist alles sehr schön, auch die Pfalz. Die alten Städtchen mit ihren Fachwerkhäusern gefallen mir, besonders eben Weinheim. Es könnte sein, dass ich mich dort nach einer Wohnung umsehe, wenn ich mit dem Studium fertig bin. Das beginnt aber erst nächstes Jahr. Einige meiner Arbeitskollegen kommen von der Bergstraße. Sie sagen: *Kein Problem, Umberto! Du erreichst Mannheim bequem mit der Bahn oder dem Auto.* Es ist langsam Zeit, dass ich zu Hause ausziehe und selbständig lebe. Im Stadtteil Neckarau wollen die Eltern ein Reihenhaus kaufen. Papa denkt schon an die Rente und freut sich auf die Ruhe beim Angeln.

1958

Papa und Mama sehe ich nur noch an den Abenden. Bin ich zu Hause, muss ich lernen. Zu anderem bleibt mir kaum Zeit. Das Studium an der Ingenieur-Fachschule ist anstrengend, die Dozenten sind sehr genau. Die Arbeit im Betrieb und das Studium laufen nebeneinander. Trotz der doppelten Beanspruchung positiv: Ich erhalte nach wie vor Lohn. *Non vivo alle spalle dei genitori.* /Deutsch ist genauer: nicht den Eltern auf der Tasche liegen./

Ich bin dreiundzwanzig und werde jetzt Deutscher. Die Einbürgerung läuft. Auf dem Projektbüro erfuhr ich, dass ich nach Abschluss der Ingenieur-Schule mit einem Auslandseinsatz zu rechnen habe – Erfahrung sammeln. Nach Tunesien oder Äthiopien wegen meiner italienischen Sprachkenntnisse. Mit deutschem Pass sei das leichter zu organisieren, sagte man mir. Es wäre auch gut, wenn ich mich um die Verbesserung meines Schulenglisch kümmern würde. Die Zusammenarbeit mit den Leuten anderer beteiligter Unternehmen erfordere Englisch-Kenntnisse. Ich hatte nie Englisch! Also sitze ich jeden Dienstag-Abend im VHS-Kurs, nun im zweiten Trimester, zusätzlich zum sonstigen Lernen. Ein junger Amerikaner unterrichtet uns. Der macht mir Spaß mit seinem coolen Humor, die Sprache weniger. Schwimmen kann ich noch immer nicht, habe keine Zeit.

Und dann noch: mit den Eltern Ende März in Italien gewesen. Die *nonna* war gestorben. Da müssten wir hin, das gehöre sich so, sagte Mama. Ich hatte eine Woche Urlaub bekommen. Also fuhren wir zu dritt. Bis auf die Strecke über den Gotthard-Pass, die aber sehr beeindruckend ist, verlief die Fahrt zügig, unter anderem deshalb, weil ich mich mit Papa am Steuer ablöste. Im Dorf staunten sie nicht schlecht, als wir mit einem Mercedes daherkamen. Vier Tage waren wir dort im Haus der *nonna*. Es gab ja einiges auf Ämtern zu klären und mit dem Notar – der Nachlass der *nonna*. Schade, ich hätte sie gerne noch einmal gesehen. Mama weinte oft, die *zia* übrigens auch. Das fand ich übertrieben.

An einem Tag habe ich mir Papas Wagen ausgeliehen und nach Cristina geschaut. Hätte ich besser nicht getan! Ihre Eltern sagten mir, sie lebe in Milano, sei verheiratet, habe zwei Kinder und mich längst vergessen. Dabei lachten sie so unverschämt, dass mir der Verdacht kam, sie wissen, was wir im *granaio* getrieben haben.

1962

Nun bin ich sechsundzwanzig und deutscher Staatsbürger, war ein halbes Jahr in Angola. Auf dem Projektbüro meinten sie, Portugiesisch sei auch eine romanische Sprache. Ich müsste mich doch mit den Angolanern verständigen können. Das ging nur stockend. Portugiesisch klingt ganz anders, weich genuschelt und die Wörter verbunden. Ohne Englisch wäre ich aufgeschmissen gewesen. Dem Amerikaner von der VHS und seinem Slang sei Dank. Auf Baustellen spricht fast keiner fehlerfrei, und so bist du Kollege und wirst zum Bier eingeladen. Von der Auslandszulage habe ich mir über Papa einen Mercedes gekauft - Mitarbeiter-Rabatt /logisch/. Das Fahrzeug muss allerdings ein Jahr lang auf seinen Namen laufen. Was soll's? Er ist ja seit einiger Zeit auch Deutscher - der Rente wegen. Mama nicht! In Sachen Staatsangehörigkeit ist sie konsequent. *Sono nata in Italia e poi Alessandro, fammi seppellire sul cimitero di Castelnuovo, nella terra di Patria.* Papa tat erstaunt: *Warum ich? Ich sterbe vor dir!* Mama bestand auf ihrem Grab in Castelnuovo. *Allora Umberto, in questo caso, sei tu quello, chi sa che fare!* Als Italienerin gehöre sie eben in italienische Erde. Ich verwies auf den Umstand der Überführung ins Ausland und die Grabpflege. Das ließ sie nicht gelten. *A Ognissanti vieni alla tomba e mi racconti, per favore, che hai fatto durante l'anno passato. Capito?* Gut, das geht in Ordnung! Ich werde an Allerheiligen an ihrem Grab sein. In dem Moment spürte ich, dass ich zwar deutsch denke, aber italienisch fühle.

1964

Hat mir der Mercedes eine günstige Ausgangsposition verschafft oder mein spontan geäußertes Mitgefühl? Am Ausgang des *Rosengartens* stand nach einem Konzert unschlüssig eine junge Frau in dünnem Mantel unter dem Schirm in der kalten Nässe eines März-Tages. Ich fragte, ob ich sie im Auto mitnehmen dürfe. Sie maß mich mit kritisch-naivem Blick von oben nach unten und zurück, hauchte zitternd: *Ja, wenn Sie bis Heidelberg fahren?* Man kann auch über Heidelberg nach Weinheim kommen, sagte ich in hoffentlich überzeugendem Ton. Wie sie so vor mir stand und mich musterte, stellte ich fest, dass sie verdammt hübsch ist. Dunkelhaarig, schlank, mit mädchenhafter Figur, annähernd so alt wie ich, und ich bin bald achtundzwanzig. Ich nahm ihr den Schirm ab, sie hakte sich bei mir unter. Den Pfützen wich ich aus – ihre Stöckelschuhe! Auf dem Parkplatz öffnete ich die Beifahrertür. Sie setzte sich und schlüpfte sofort aus den nassen

Pumps. Die Füße stellte sie vor die Heizung. Das war ein Vertrauensbeweis.

Umberto Felipe Fallini, Elektroingenieur bei BBC, stellte ich mich vor. *Oh, ein Italiener fährt mich? - Nein, ein Deutscher, aber erst seit letztem Jahr. - Über Handschuhsheim auf der B 3 sind Sie auf dem richtigen Weg*, meinte sie und räkelte sich in den Sitz. *Aber Sie werden sich ja auskennen, nehme ich an*. Das bestätigte ich, schloss ihre Tür, ging ums Auto und stieg ein.

An der ersten roten Ampel flüsterte es neben mir: *Hanna Rewitz, Apothekerin und auch vor Jahren zugewandert, mit den Eltern aus dem Arbeiter- und Bauernparadies, das sich DDR nennt.* Die Ampel schaltete auf Grün. *Mein Vater war drüben Lehrer für Geschichte und Latein, meine Mutter Germanistin*, setzte sie wieder an. *Beide fürchteten sich vor der Zukunft, und ich war bei den jungen Pionieren und wusste nicht so recht, wem ich mehr Glauben schenken sollte: Den Worten meiner Eltern oder den Sprüchen der Partei? Beides hatte einen schalen Geschmack für ein Kind, dem von zwei Seiten gesagt wird, was es zu tun hat. - Andere Voraussetzungen, gleiches Resultat!* stellte ich fest und beschleunigte. - *Ja, für Sie nun mit Oberklasse-Wagen.* - *Diesel, der weniger verbraucht als ein Käfer und mit Rabatt von meiner Auslandszulage erworben*, stellte ich lapidar fest. *Aber Ledersitze!* kam von denselben. *Genuss im Stil der neuen Zeit!*, zitierte ich den Werbeslogan einer Zigarettenmarke. Sie lachte. *Also doch ein Hauch von Luxus!* Ich musste mich auf den Verkehr konzentrieren. *Meine Wohnung würde ich Ihnen nicht vorführen*, nahm ich den Faden nach dem Überholen wieder auf. *Das Nötigste vom Möbel-Mann und größtenteils leer. - Noch!*, sagte sie. - Mein Konto sei nach dem Kauf des Wagens fast abgeräumt, bemerkte ich verlegen, ich müsse mir also Zeit lassen. - *Hat die Auslandszulage nicht gereicht?*

Die restliche Strecke bis Heidelberg schweigen wir. Sie will in einen Ort an der B 3 hinter Heidelberg. Während der Stadtdurchfahrt überlege ich mir, wie ich sie zu einem Wiedersehen bewege. Nach der Theodor-Heuß-Brücke wird es eng: eine schmale Straße und in der Mitte die Straßenbahn. *Nicht mehr weit*, meint sie. Eine Idee ist mir noch immer nicht gekommen. Wieder auf freier Strecke, sagt sie: *Setzen Sie mich an der OEG-Haltestelle im nächsten Ort ab. Auf der kurzen Strecke bis zur Wohnung werde ich nicht durchweichen.* Ich kreuze die Schienen und halte nach wenigen Metern an, lasse den Motor laufen, um keinen falschen Eindruck zu erwecken und stammle: *Vielleicht . . . es wäre ja eventuell möglich, dass wir . . .- uns wiedersehen*, lacht sie. *Bitte, sollten Sie weiterhin das Bedürfnis verspüren, mit einer Apothekerin eventuell und ganz vielleicht spazieren zu gehen, dann kommen Sie vor 18.30 Uhr in die Apotheke dort vorne – meine Arbeitsstelle.* Sie steigt aus, schlägt die Tür zu und marschiert unter ihrem Schirm die Straße hinauf. Eine Apotheke ist mir nicht aufgefallen. So wende ich den Wagen im Bewusstsein: Es war einmal eine hübsche Apothekerin, dunkelhaarig und schlank. Die wirkte so märchenhaft auf mich, dass ich sie ansprach. . .

*

Umberto, lege bitte das Buch zur Seite und lösch das Licht! Hanna zieht die Bettdecke bis zum Kinn und räkelt sich auf meiner Matratze in Schlafposition, murmelt ins Kissen: *Morgen kaufen wir ein Bett!* Ich drehe mich auf den Bauch und lege den Arm über sie. Nach wenigen Minuten atmet sie gleichmäßig tief und satt.

Ja, ich habe sie in ihrer Apotheke angetroffen, nachdem ich mich durchgefragt hatte. Die Apotheke lag genau dort, wo sie hingedeutet hatte: Ein neues Gebäude an der zur B 3 abfallenden Straße, der Ladenzugang verdeckt vom vorstehenden Nachbarhaus. Sie wechselte den weißen Kittel gegen eine Parka, schloss die Kasse ab, gab den Schlüssel dem Apothekenbesitzer - 18.35 Uhr auf der Wanduhr. Der erhob sich von seinem Schreibtischhocker, begleitete uns zur Ladentür und ließ das Gitter hinter uns herab. Da standen wir vor der Apotheke und Hanna fröstelte. Hanna fröstelt von September bis nach den Eisheiligen im Mai. In der Apotheke trägt sie Rock und Bluse, stets eine graue Seidenbluse und lässt die oberen Knöpfe am weißen Kittel offen. Das gibt ihrem Erscheinungsbild eine persönliche Note. Hanna, die freundliche Apothekerin in der grauen Bluse! Dass es täglich eine andere ist, nimmt die Kundschaft nicht zur Kenntnis.

Für mich begannen die Abende nach Ladenschluss bei ihr zu Hause mit dem Kaffee-Becher auf der Couch sitzend, das Bügelbrett vor meinen ausgestreckten Beinen und hinter diesem Hanna mit dem Bügeleisen, vom Plattenspieler eine Mahler-Symphonie oder ein klassisches

Klavierkonzert. Hing die Bluse auf dem Kleiderbügel am Schrank, folgte das restliche Programm: Abendessen – Hanna kocht gerne und gut! – Abwasch /ich/, Spaziergang oder Fernsehen und danach der Abschied - ein Kuss, anderes nicht. Hanna ist konsequent. Das war für mich nur auszuhalten, weil ich die Eleganz ihrer Bewegungen genoss, ihre unaufdringliche Art, mich mit ihren Fragen bis in die verborgenen Winkel meiner Lebensgeschichte und meiner Seele auszuleuchten. Dabei spürte ich ihre innere Nähe und hatte Hoffnung. Dann war es soweit. An einem Freitagabend sagte Hanna – etwa drei Monate waren seit meinem ersten Erscheinen in der Apotheke vergangen: *Morgen hast du frei, also bleibst du heute Nacht hier. Rasierzeug, eine Zahnbürste und Deo habe ich aus dem Geschäft mitgebracht.*

Seit dem Tag galt die Regel: Diese Woche bei mir, nächste Woche bei dir! Wie ich schon sagte: Hanna ist konsequent, so konsequent, dass sie eines Nachts fragte: *Sag' mal, was würdest du tun, wenn ich unerwartet schwanger würde?* Ich sagte nur: *Dir vorschlagen, bald zu heiraten.* Die Antwort hielt ich für zu dünn. *Eine Frau wie dich finde ich bestimmt nicht wieder, und außerdem liebe ich dich so sehr, dass meinerseits die Frage nach Fortsetzung unserer Beziehung überfällig ist.* Gut, meinte sie, *dann beginnen wir am Wochenende mit dem Möbelkauf. Meine Zweizimmerwohnung ist zu klein für drei oder vier Menschen, deine groß genug, aber so leer.*

*

Überlese ich meine letzten Zeilen, frage ich mich, ob nun der Eindruck entsteht, Hanna sei bis in ihre Gefühle eine streng geordnete Person. Dieser Eindruck wäre sowohl zutreffend, als auch im gleichen Moment falsch. Wie erkläre ich den Widerspruch? Für mich bestand er von Anfang an nicht. Einerseits ist Hanna eine naturwissenschaftlich gebildete Frau, andererseits ein einfühlsames Wesen. Sie hatte mich vom ersten Augenblick an als einen Menschen wahrgenommen, der ihr etwas zu geben hat, so wie ich sie, als wir an jenem Abend nach dem Konzert im Rosengarten im Regen voreinander standen und in der Nässe froren. Es war eine Sehnsucht nach Wärme, die uns sofort wie eine Hülle umschloss, in der nur wir beide Platz finden konnten. Das Wetter gab lediglich den Anlass.

Wie sie so mädchenhaft zart und bezaubernd schön unter ihrem Schirm vor mir stand, fuhr ein Signal – ich bin Techniker, kein Poet! – durch meinen Körper: Sie ist es! Was man im Moment erlebt und fühlt, das lässt sich nicht immer in Worte fassen. Es geschieht auf einer Ebene, die sich der vollständigen Kontrolle durch das Denken entzieht. Und so ist dem, der diese Zeilen einmal in die Hand bekommt, ein Zugang erst möglich, wenn er in sich die Tür öffnet, welche die Strenge des Denkens mit der Fähigkeit des Empfindens verbindet. Es könnte sein, dass er dann den Zeilen folgt, als schwinge er neben uns her. Ich wage nicht mir vorzustellen, dass mir das gelingt. Aber den Wunsch möchte ich ausgesprochen haben, weil ich aus ihm die Energie gewinne, Hanna aus der Vergangenheit zurückzuholen. So ist es mir erlaubt, mit ihr noch einmal durch die Tage zu gehen, die wir miteinander haben durften.

*

In diese Textpassage habe ich auf die Gefahr hin ein-gegriffen, dass es nicht mehr Umbertos Sprache ist. Im Original strich er einzelne Wörter oder Satzteile, über-schrieb sie mit kaum leserlichen Formulierungen. Der Text war stückhaft und verlor sich in Andeutungen. Im Gewirr des Notierten erscheint dennoch seine Liebe zu Hanna zart und anrührend. Der war eine Stimme zu ge-ben.

1966 und später

Ich bin nun dreißig, Hanna ist neunundzwanzig. Anfang Juni haben wir geheiratet. Zuvor kündigte Hanna ihre Stelle und nahm restlichen Urlaub. *Was tue ich als Ange-stellte in einer Apotheke? Neunzig Prozent Verkauf abgepack-ter Ware, zu zehn Prozent rühre ich Salben an oder messe Flüs-sigkeiten ab. Meine Unzufriedenheit mit der Arbeit darf nicht von Anfang an unsere Ehe belasten.* Dagegen fühle ich mich im Job gefordert und was ich tue findet Anerkennung. Große Worte machen Techniker nicht, doch ein Blick in die Gesichter meiner Vorgesetzten genügt, um zu verste-hen, was sie erwarten und mir zutrauen. Am Arbeitsplatz geht es mir besser als ihr. So verstand ich, woran es ihr in der Apotheke fehlte. Sie hat ein wissenschaftliches Studi-um hinter sich. Das wird sich nicht in der Beratung über Nebenwirkungen eines Präparates und im Verkauf von

Hautpflegemitteln erschöpfend umsetzen lassen. Schließlich die kleinliche Gehaltsvorstellung eines auf Eigennutz bedachten Apothekenbesitzers! Am 1. Juli 1966 trat sie ihre neue Stelle im Prüflabor eines Pharmaunternehmens in Mannheim an. Mich erwartete ein Auslands-Einsatz in Brasilien.

Eine Event-Hochzeit, wie man heute sagen würde, mit Dutzenden Gästen, am Standesamt im weißen Miet-Bentley vorfahren und Champagner-Bar in der Vorhalle, kam für uns ebenso wenig infrage, wie Hanna im weißen Brautkleid mit Schleppe, ich im Smoking, wir beide in einer Kirche vor dem Altar und Blumen streuende Kinder der Freunde. Hanna ist nach dem Abitur aus der evangelischen Kirche ausgetreten, und ich war seit der Beerdigung der *nonna* nicht mehr in der meiner Fakultät. Darin waren wir uns einig und sind es auch geblieben: Gott ist als Schöpfer ernst zu nehmen, Christus stirbt täglich gewaltsam irgendwo auf dieser Welt für Liebe und Vergebung, und Weihwasser beruhigt allenfalls das plötzlich erwachende Gewissen.

So heirateten wir vor einem Standesbeamten im kleinen Kreis und starteten am Tag darauf zur Fahrt in meine Heimat, zum Grab der *nonna*. Meine Mama war glücklich und verzieh uns die segenlose Trauung. Frau Hanna-Eleonore Fallini bestand darauf, unmittelbar nach der Hochzeit ihre Füße auf den Flecken Erde zu setzen, der ihr einen Mann gegeben hat, den sie liebt und mit dem sie Kinder haben möchte, die zur Hälfte italienischer Abkunft sein werden. Dass es zu Letzterem nicht gekommen ist, macht mich nicht erst heute traurig. Unser beider Trauer setzte ein, als Hanna zwei Jahre darauf eine Fehlgeburt hatte und sich kein neues Leben mehr in ihr ankündigte. Für Mama stand fest: *la guerra!* Unterernährung und so viel seelisches Leid, auf welcher Seite der Kriegsparteien man sich auch befand! Da halfen auch zahllose Arztbesuche und teure Untersuchungen nicht. Am Geld mangelte es uns nicht. Wir verdienten beide ordentlich in der deutschen Industrie. Insofern hatte mein Papa recht behalten, der Mama und mich in dieses Land geholt hatte. Zur *dogana dello Stato Italiano* sind es nur vier Autostunden ohne Stau von Mannheim aus, sagte ich am Hochzeitstag zu Papa. Er klopfte mir auf die Schulter und bekam feuchte Augen.

Ach ja, Italia! Signora Fallini, die Sprachbegabte, verfügte bald mittels Kursen und Sprachplatten über ein Italienisch, das sich hören lassen konnte. *Ich habe großes Latinum und hatte Französisch in der Schule*, sagte sie und entschuldigte sich beinahe für ihre Fortschritte. Aus purem Spaß unterhielten wir uns bei der Hausarbeit auf Italienisch. *Umberto, portami l'aspirapolvere, per favore!*, kam aus dem Schlafzimmer, der *camera da letto*. Ich hatte noch nicht umgeschaltet und brüllte aus dem *salotto*, wo ich soeben die Polster absaugte: *Moment, bin gleich soweit!* Auf dem Korridor empfing sie mich: *Immer dasselbe! Il padrone di casa non può staccarsi dal suo strumento, quando sta facendo cose importanti come aspirare la polvere – und seine arme Ehefrau wartet solange im Korridor!*

Grazie a Hanna war ich meiner Heimat wieder näher gekommen /oder sie mir?/. Dennoch fand ich es bald lästig, im Haus der *nonna*, das jetzt der *zia* gehörte, den Handwerker zu machen, wenn eine Wasserleitung leckte, ein Elektrogerät nicht tat, das Dach an einer Stelle undicht war oder Putz und Farbe abblätterten. *Umberto si occuperà delle cose, quando viene dalla Germania*, sagte nun die *zia* ganz lieb im Dorf und man nickte voller Bewunderung für einen so tüchtigen Verwandten, der eine *bella macchina* fuhr, Geld im *ristorante* ausgab und von einer *signora graziosa* begleitet wurde, die auch noch italienisch sprach. *Sua moglie!*, nickt man sich wissend zu. In einem italienischen Dorf hat eine solche Aussage erst Gewicht, wenn von diversen Seiten bestätigt worden ist: *Sì, sì, una tedesca, che parla perfettamente la nostra lingua.*

Nun geht es aber für einen Italiener überhaupt nicht, aus Deutschland kommend irgendein Ferienziel in Italia anzusteuern und die lieben Verwandten außen vor zu lassen. Wo das Irgendein auch liegen mag, irgendjemand hat dich gesehen und spätestens bis zum nächsten Jahr hat sich herumgesprochen, dass du da warst, aber eben nicht in deinem Dorf, wo du doch hingehörst. Hanna hatte die Lösung des Problems: *Umberto, wir kaufen uns eine Wohnung oder ein Haus! Kann ja ein altes sein, wär' mir sowieso lieber als ein gesichtsloses neues! Deine famiglia wird einsehen, dass wir zu tun haben, und ein Kurzbesuch wird sich allemal einrichten lassen.*

Buona idea! Aber wo? fragte ich und sah mich erneut die Ferien in Arbeitsklamotten verbringen.

Egal wo, wenn nur ein größeres Gewässer in der Nähe ist, ein Baum im Garten Schatten spendet und wir nicht dem Dunst der Po-Ebene ausgesetzt sind. Umberto, dann findest du mich mit einem Buch auf dem Liegestuhl! verkündete meine *moglie.* Klare Ansage mit zwei offenen Stellen: die Distanz zu Mannheim /unter diesen Umständen kam ja nur der Norden infrage/ und die Ungewissheit, ob eine deutsche Bausparkasse eine Immobilie in Italia finanziert. Abrufähige Bausparverträge haben wir beide, in dieser Beziehung sind wir urdeutsch. Mich hatte Papa bald nach der ersten Gehaltszahlung angehalten, einen Bausparvertrag abzuschließen. *Du wirst darüber froh sein, das rechtzeitig gemacht zu haben, wenn du einmal Kinder hast,* hat er gemeint. Nun ja, aber vierzigtausend Mark sind nicht viel. *Ach geh'! Meine dreißigtausend kommen hinzu, und für hunderttausend Mark wird man doch in diesem weiten Land eine annehmbare Hütte finden,* beruhigte mich Hanna. *Den Rest stottern wir in Raten über zwanzig Jahre ab. Kinder kommen ja keine mehr.*

Da war also der Punkt erreicht, ab dem ich Bedenken zur Seite schieben musste: Haus in Italia statt Kind! Und um ehrlich zu sein, der Gedanke tröstete auch mich über die Unwiderruflichkeit unseres kinderlosen Daseins hinweg. Der Italiener in mir hatte zwar Verlangen nach Kindern, doch der Deutsche sah sich bereits an einem aufgegebenen Bauernhaus werkeln, erbaut 1782. Auch eine Aufgabe, die dem Erhalt der Kultur dient!

Die Unvorsichtigkeit begehe ich immer wieder: Ich spreche beim Mittagessen in der Kantine an, was mich umtreibt –das Haus in Italia. Sitzen fünf Kollegen mit dir am Tisch, haben drei den Sommerurlaub in Italien verbracht, halten sich also für bestens informiert und du erhältst Ratschläge. Alle waren in Strandnähe auf Campingplätzen und kaum einer im Land unterwegs. Mittlerweile ist mir eine Veränderung aufgefallen: Hotelunterkünfte und Ferienwohnungen drängen die Camping-Variante zurück. Und seitdem gewinnt das Landesinnere an Beachtung. Man weiß, was beispielsweise Verona zu bieten hat, Venezia und Firenze ohnehin, begeistert sich an den Landschaften der Alpen-Südseite mit ihren Seen, an der toskanischen allemal. Erfahrungen und Adressen werden ausgetauscht, eigene Eindrücke über Teller mit Rinderschmorbraten, Rotkraut und Kartoffelbrei gebeugt im Ton wärmster Empfehlung weitergereicht.

Die Deutschen lieben *Italia*! Mindestens seit der Völkerwanderung haben sie sich offenbar eine uralte Sehnsucht nach südlicher Wärme und Landschaft erhalten. Das *Heilige Römische Reich deutscher Nation* muss eine Beziehung der deutschen Seele zu Italien hinterlassen haben, die immer wieder den Weg über die Alpen sucht. Italiener empfinden die Umarmung durch die *tedeschi* weniger positiv, schätzen aber von alters her den Profit. Kam ein Weingroßhändler aus Deutschland in die Region, so sprach sich das herum. Man reichte ihn zur Verkostung und zum Essen von *viticoltore* zu *viticoltore* weiter und erhoffte sich, mit einigen hundert Flaschen dabei zu sein. Dieser Typus Deutscher war bald nach dem Krieg wieder beliebt, andere nicht, die zwei Jahrzehnte zuvor in

Uniform auf Lastwagen mit Gewehren und Maschinenpistolen gekommen waren. Über dieses Kapitel der beiderseitigen Beziehungen verlor außer Carlo keiner ein Wort im Dorf. Das blieb verschont, und es ist zu vermuten, dass so mancher keine sauberen Hände hatte.

Und nun erwägt der eine oder andere Deutsche sogar den Kauf einer Immobilie in Italia. Die Lira verliert von Jahr zu Jahr an Wert, die D-Mark wird stärker und stärker. Das regt zum Nachdenken an – auf beiden Seiten der Alpen.

Weh dem, der glaubt, so schlau zu sein, wie wir uns das einbildeten!

Der Immobilienmakler in Rovereto sprach fließend Deutsch mit Austria-Akzent, hatte eine Schwester in München, gleichfalls in der Immobilien-Branche tätig, was uns nicht hellhörig werden ließ, und wickelte uns mit Charme und vertrauenerweckenden Beteuerungen ein. Der Kaufpreis schien günstig zu sein für ein leerstehendes Haus, das angebaut an ein anderes als Alterssitz in der verzweigten Familie unseres Nachbarn gedient hatte. Die Lage? Die war es vor allem, die uns sofort für ein Haus einnahm, das sich zwar aufgeräumt präsentierte, jedoch von der Bausubstanz her eine halbe Ruine war: stellenweise von Feuchtigkeit durchzogene Kellerwände, morsche Balken zwischen den drei Etagen und ein nach Südosten undichtes Dach.

Am Rand des Dörfchens Vignole, am Fuß des auslaufenden Stivo-Massivs, schweift der Blick von Hainen in

Hanglage über die Gärten der südöstlichen Busa-Ebene hinüber zu den am Westufer des Gardasees sich auftürmenden Bergen, dazwischen der *Monte Brione* und ein Zipfel des Sees /häufig Motiv auf Ansichtskarten/. Unsere Nachbarn in Vignole fanden es offenbar gut, dass ein kinderloses Ehepaar aus Deutschland das Haus erworben hatte und sich nicht mit dem Gedanken trug, ein vermietbares Objekt zu schaffen, und obendrein italienisch sprach. Sie führten uns Andrea zu /männlicher Vorname im Italienischen/, einen selbständigen Bauhandwerker aus der Umgebung. Der kannte das Haus und vor allem seine Schwachstellen. Gerne nahm er den Auftrag an, in Phasen – an den Fundamenten beginnend – zu sanieren. Der Vorteil für ihn: Er konnte die Arbeiten geschickt in laufende Aufträge einfügen – die meiste Zeit des Jahres waren wir ja nicht da. Die Bezahlung regelte sich fast immer auf die gleiche Weise: den verlangten Betrag auf die Hand und ab und zu eine Rechnung mit Materialkosten und Arbeitsstunden, die dem erbrachten zeitlichen Aufwand nicht in Gänze entsprachen. *Un vantaggio per noi due*, begründete er sein Rechnungswesen und lachte. Na ja, die Steuern! Die dort oben tun doch sowieso mit unserem Geld, was sie wollen. *Basta cosi!*

So flüssig ging das mit der Renovierung des Hauses nicht voran, wie der Eindruck entstanden sein könnte. Auch in Italien gibt es Behörden, die für Baugenehmigungen zuständig sind und ein Bündel an Gesetzen und Ausführungsvorschriften ins Feld führen, wenn es zum Beispiel in einem Haus, das der Denkmalschutz auf einer

Liste führt, um den Ersatz einer brüchigen Steintreppe durch eine aus Holz geht. Letztendlich kamen wir nicht daran vorbei, einen Architekten einzuschalten. Andrea hob die Arme - *Quante complicazioni causano gli impiegati statali! Queste persone non hanno mai tenuto un mattone in mano!*, - und wusste auch gleich Abhilfe: der Schwager seiner Schwester, Architekt in Arco, dem Städtchen - unsere Zentralgemeinde -, in dem jeder fast jeden kennt, folglich auch *gli impiegati comunali*. Ein Vorteil, wie sich bald herausstellte. Und so wird man nicht bei der ersten Unklarheit in die nächste Amtsstube verwiesen, stattdessen wird in aller Regel nach einem Kompromiss gesucht oder man findet einen Ausweg - und kann sein Anliegen beim nächsten Zuständigen in Trento als geprüft begründen. - *Vedremo!*

Hier ist nicht der Platz, all die Schritte aufzureihen, bis nach einer gefühlten Ewigkeit – in Wirklichkeit vergingen etwa vier Jahre – das Haus über ausgebessertem Verputz frisch gestrichen, unter einem um 50 cm angehobenen neuen Dach /wärmegedämmt/, ausgewechseltes Gebälk eingeschlossen, mit erneuerten Fenstereinfassungen aus *Rosato Veronese*, ortsüblichen grünen Fensterläden und neuen Fenstern nach außen den Eindruck von Bewohnbarkeit vermittelte. Alle Dielenböden waren begehbar, die Wände im Urzustand /Denkmalschutz!/, das heißt gekalkt und nicht glatt verputzt, Türen beim Schreiner bestellt, da meldete sich die Baubehörde zur Abnahme an.

Lascia la ringhiera /Treppengeländer/ fuori, Umberto, riet der Architekt. *Pensa un po', installare la ringhiera è meno complicato che correggere l'inclinazione del tetto /Dachneigung/. So habe die Kommune einen Grund, einen Mangel zu reklamieren.* Die Fenster am ehemaligen Heuboden hatten wir im Hinblick auf die zu erwartende Baubegehung nicht in die Öffnungen eingesetzt, die es ja schon vorher gab, aber die Läden geschlossen / die es auch vorher gegeben hat /, so dass der ursprüngliche Eindruck des Hauses erhalten blieb. *Aspetta due o tre anni!* meinte er.

Einen Monat darauf erreichte uns die Anmahnung eines Treppengeländers. Zuvor sei eine Nutzung des Hauses nicht erlaubt. *Was machen wir jetzt?* fragte Hanna erschrocken ob des amtlichen Bescheides. *Das Geländer beim falegname bestellen!* sagte ich gelassen. *Bis wir wieder in Italien sein werden, hat er es eingebaut, und die von der Kommune beschwichtigt der Nachbar.*

*

Hanna und ihre Nachbarschaftsbeziehungen in Vignole sind auch für mich ein neues Kapitel in unserer deutschitalienischen Beziehung. Sie spricht recht ordentlich italienisch, vertut sich aber im Gebrauch von Konjunktiven. Sie sind ein anspruchsvoller Teil der Grammatik, umgangssprachlich im Norden weniger häufig als im Süden. Eine Erleichterung, sieht man vom Dialekt im Trentino ab, jedoch nicht für Hanna, deren Kopf nach dem Lehrbuch tickt. Sie ahnt, dass etwas in ihren Sätzen nicht stimmen kann, stockt in der laufenden Unterhaltung und beginnt zu grübeln. Der italienische Gesprächspartner bezieht die Unterbrechung auf seine Ausdrucksweise und beginnt wortreich zu umschreiben, was er zu wissen wünscht oder mitteilen möchte. Da bleibt ein Ausländer hängen! Der italienische Gesprächspartner redet weiter und hofft auf das Verstehen des Grundsätzlichen seiner Aussage! Dieses Verhalten, durch Gesten und freundlich gemeinte Mimik in einem für Italiener typischen Ganzkörperausdruck, brachte Hanna anfangs auf die Palme.

Welch ein Schauspiel! rief sie hinterher aus. *Muss man so viele Worte einer Kleinigkeit wegen machen?*

Erfasst man solche Kleinigkeiten und quält sich nicht mit der Suche nach dem korrekten Ausdruck, klappt es dann schon mit der Verständigung. Ich weiß, wovon ich rede! Als Kind habe ich in Gaggenau exakt das spontan getan und notfalls Verben im Infinitiv eingeworfen - halt als Kind! Aber eben nicht Hanna, die Akademikerin, wenn sie bei Fausta in der Küche steht, die ihr über die Arbeit hinweg verständlich machen will, weshalb sie den Hefeteig für ein bestimmtes Gebäck in dieser Weise zubereitet. Da spielen Mengenanteile, Gewohnheiten in der Bearbeitung, Zeiten und Temperaturen eine Rolle. Fausta ist darin erfahren und übergeht vermutlich in ihrer Routine Hannas unvollständiges Hintergrundwissen, das Kommunikationsfallen solcher Art begünstigt. Das Hausfrauenglück hängt gerade auch in Italia von der Perfektion in der Küche ab, und Hanna wünschte, davon von Mal zu Mal etwas mitzunehmen – nicht nur in Alufolie einge-

schlagene Kostproben, die sie an mich weiterreichen sollte. *Ne sono sicuro (H)anna, Umberto si ricorderà.*

Dagegen scheint mir Francesco, Faustas *marito*, die
Fähigkeit zu haben, Hanna in seinen Geschichten mitzunehmen. Kein Wunder, denn der vormalige Mussolini-
Anhänger - im Grunde seines Herzens nicht vom Faschismus abgerückt - ist dankbar für interessierte Zuhörer. Es wird wie in Deutschland sein, dass die Jüngeren
solche Geschichten zur Rechtfertigung nicht mehr hören
wollen. Im Gespräch mit Hanna bietet sich ihm die Gelegenheit, rundum darzutun, dass unter Mussolini nicht
alles falsch gelaufen ist – im Gegenteil! Davon erfuhr ich,
wenn sie mir anderntags berichtete, was ihr Francesco
aufgetischt hatte. Als *alpino* hatte er bis zum Schluss des
Krieges Seite an Seite mit Angehörigen der Waffen-SS für
die *Repubblica di Salò* gekämpft, brachte es fertig, deutsche
Begriffe in seine Darstellungen einzustreuen und wartete
offenbar ab, ob er verstanden wurde. Es interessierte
Hanna, aus der Perspektive eines damals jungen Burschen etwas über Faschismus und Kriegszeiten in Italien
zu erfahren. Mit Blick auf meinen Vater konnte mir das
nur recht sein. Spreche ich seine Rolle in Kriegs- und ersten Nachkriegsjahren an, schweigt er nach wie vor. Dagegen ist Francesco unbekümmert redselig, nimmt an
Kameradschaftstreffen seiner ehemaligen Truppe teil und
nennt sich einen echten Italiener.

Die Menschen hier sind doch auch Italiener wie du und ich,
sagte ich einmal. Seine Familie stamme aus einem Dorf in
der Provinz Brescia, stellte er fest und zog die Augen-

brauen hoch. *Na und?*, habe ich naiv gefragt. Daraufhin überrollte er mich mit zweihundert Jahren *della storia vera*. Seine Vorfahren waren an kriegerischen Auseinandersetzungen mit Österreich beteiligt, die 1859 Garibaldi mit seinen Alpini für das entstehende geeinte Italien entschied.

Brescia, la Leonessa d'Italia!, deklamierte er voller Stolz. *I Bresciani sono italiani del cuore /aus tiefstem Herzen / da molto tempo. La gente sulla Busa invece. . . ?*, ließ er den Satz unvollendet, lachte vielsagend und hob die Schultern. Ich ahnte, was er nicht sagen wollte.

Die Busa ist die buchtartige Ebene zwischen Torbole, Arco und Riva am nördlichen Ufer des Gardasees, bis 1918 zu Österreich-Ungarn gehörend. Auf den Anhöhen über der Busa stößt man noch immer auf Schützengräben und Bunker aus dem Ersten Weltkrieg. Kurz hinter Riva beginnt die Provinz Brescia. Am steilen Westufer ist die Uferstraße *Gardesana-Occidentale* dem Fels abgerungen und führt durch unzählige Tunnel. Ab und zu eine gewundene Zufahrt hinauf zu einem der Dörfer, die wie Schwalbennester in der felsigen Landschaft kleben. Dort oben muss das Leben noch immer beschwerlich sein, im Geist auch gestrig für die, die geblieben sind – für Francesco das wahre Italien.

Er ist dort nicht geblieben und betreibt mit seinen beiden Söhnen und ihren Frauen auf dem fruchtbaren Schwemmboden der Sarca in der quirligen Busa-Ebene vor Vignole einen Aussiedlerhof mit Milchvieh und Reben, hat Kirschen, Aprikosen und Gemüse im Angebot.

Fausta bäckt große runde Weizenbrotlaibe und Hefezöpfe für den Wochenmarkt in Arco. Dort verkaufen die Schwiegertöchter die Produkte, und seine beiden Söhne sind gelernte Facharbeiter eines Industrie-Unternehmens aus Augsburg, das sich zwischen Arco und Riva jenseits des Flusses Sarca angesiedelt hat. Oberhalb von Vignole, im Dorf Bolognano, bewirtschaftet er einige Hektar mit Reben und Apfelbäumen, ursprünglich aufgelassenes Gelände, das er rekultiviert hat. Mit seiner dreirädrigen *Ape*, Fausta auf der Ladepritsche, ist er schon am frühen Morgen Richtung Bolognano unterwegs, mäht, spritzt Reben und Apfelbäume, hackt Gemüsebeete und wässert seine Kulturen. Man kann sagen, er hat auf seine Weise die Zeichen der Zeit verstanden.

*

Wir investierten nicht nur Zeit und Geld in unser Haus in Vignole,- ich hatte eine zweite Heimat hinzugewonnen. Oder eine dritte? - Ansichtssache! Und Hanna? Was tat sie für sich, was um meinetwillen? Die Antwort kann ich nicht mit Bestimmtheit geben, sie lebt nicht mehr.

Die Heimat muss man hin und wieder verlassen, um unbekannte Winkel dieser Erde zu entdecken, die bis dahin die Fantasie beschäftigt haben. Mir öffneten Auslandseinsätze Fenster in ferne Welten – und die Augen! Nicht jedoch Hanna! Ihren Alltag bestimmten Beruf und Haushalt, eingestreut unsere Ausbau-Obsessionen in Vignole. Mit welchen Gedanken und Gefühlen sie meine Aufenthalte im Ausland aus dem Grund ihrer Seele begleitete, blieb mir verborgen. Für mich bestanden sie aus

Arbeit und dem Leben auf beschränktem Raum. Sich vom Fernweh angeregten Illusionen hinzugeben, dazu fehlten von vorneherein Zeit und Gelegenheit: Flüge, Transferfahrten, Klimawechsel, einrichten in einem Wohncontainer, Kontakte zu den eigenen Arbeitskollegen und zu denen der beteiligten Unternehmen herstellen, die Aufgaben aus vorgefundenem Zustand und einzuleitenden Tätigkeiten begreifen, Materiallisten nach Bestand und Bedarf überprüfen, als Verantwortlicher die Koordination des Teams vom Vorgänger übernehmen und in Schichtplänen angehen, das alles in einem laufenden Prozess, der im Hinblick auf die gesetzten Termine keine Unterbrechungen verträgt. Mein Aufgabenfeld lag jeweils in einem vorgegebenen Abschnitt der Turbinen-Halle. Die Turbinen und Generatoren wurden in Einzelteilen in transportgerechter Verpackung vom Werk angeliefert, mussten montiert, angeschlossen und verschaltet werden, so dass elektrische Spannung in das Netz eingespeist werden konnte. Das wurde von einem deutschen Unternehmen in reibungslosem Ablauf erwartet.

Hanna, die Stichproben aus der laufenden Produktionslinie eines Medikaments im Prüflabor zu kontrollieren hatte, eilte vielleicht in ihrer Fantasie den Bestimmungsorten der Pillenfilme, Fläschchen und Ampullen voraus. Sie mag sich die bunte Lebensfülle exotischer Städte und palmengesäumte weiße Sandstrände vorgestellt haben und wusste mich zur gleichen Zeit an einem fernen Ort in Afrika oder in Südamerika, meinem zeitweilig bevorzugten Einsatzgebiet. An diesem Punkt schien mir ein Ausgleich notwendig. Wir begannen im Urlaub zu reisen und hielten uns im Haus in Vignole nur noch für Tage auf.

Es tut einem Haus nicht gut, die meiste Zeit des Jahres unbewohnt und verschlossen zu bleiben. Deshalb boten wir Marisa mit ihren beiden Kindern an, im Haus zu wohnen. Sie hatte zu ertragen, dass ihr *marito* im Ausland – er betrieb eine Eisdiele im Saarland - eine junge Sizilianerin beschäftigte, mit der er nicht nur die Arbeit teilte. Marisa nahm das Angebot gerne an, die Wohnung im Haus der Schwiegereltern aufzugeben und in unser Haus umzusiedeln. Platz war vorhanden. Uns blieben die Räume unter dem Dach, die wir inzwischen mit Duldung der *comune* ausgebaut hatten. Nun machte das Sinn. Wir richteten eine Küchenzeile in einem der beiden Räume ein, ließen ein *bagno* mit WC ausrüsten und fliesen, und alles war *a posto*. Befreit vom Druck der Ungewissheit, in welchem Zustand wir unser Haus nach Rückkehr antreffen würden, reisten wir nach Andalusien und Marokko, Israel und Jordanien, in den Iran, nach Indien, China und Japan, erwarben Touristenkitsch und füllten Fotoalben, die mich jetzt an unsere Reisen erinnern.

Jahre vergingen, Marisas Kinder wurden erwachsen. Das Mädchen heiratete, der Knabe zog mit seiner *ragazza* nach Milano, wo beide Arbeit in der Hotelbranche gefunden hatten. Das ruhige Städtchen Arco ist heute ein Eldorado der Free-Climber und Mountain-Biker, meinem Empfinden nach auch von Touristen überlaufen. Auf dem See tummeln sich vor Torbole bei *ora* / Morgen- und Abendwind/ die Surfer und Segler. Eine platzgreifende und laute Gesellschaft. Pizza-Stuben, Eisdielen, Cafés, Sportgeschäfte und selbstverständlich die Modeangebote nobler Läden dominieren nunmehr das Straßenbild in den Gassen zwischen alten Steinhäusern. Eine Umgehungsstraße wurde gebaut und Radwege entstanden. Arco ist nicht nur in den Prospekten der Event-Anbieter angekommen.

Wer seine alten Arco-Gefühle beleben möchte, wählt am besten Wochen zwischen November und April. Für Kenner auch keine schlechte Zeit, wenn die Traditionskneipen die Platten mit *Carne Salada* auftragen oder im Tal die Mandelbäume blühen und der Monte Baldo eine Schneekappe trägt. Eine gute Zeit, um sich in Verona, Vicenza und Mantua unbedrängt von Touristenströmen umzusehen, im *ristorante* an der Hafenmole von San Vigilio, diesem entzückenden Ort am östlichen Ufer des Gardasees, wo er aus seinem alpinen Canyon austritt und sich zwischen Moränen-Hügeln ausbreitet, windgeschützt in der Märzsonne einen *cappuccino* zu schlürfen. Gäbe es nicht eine Unmenge Literatur über diese gottgesegnete Landschaft, ich wäre versucht, einen Reiseführer zu schreiben.

*

2001

Das Ende des sorglosen Lebens eines kinderlosen Ehepaars mit doppelten Einkünften zeichnete sich von dem Moment an ab, als Hanna vom Facharzt die Röntgenaufnahmen ihrer Lunge vorgelegt bekam: Verdacht auf Ausbreitung von Tumorzellen. Sie hatte nie geraucht, sich aber auch nie sportlich betätigt. Atembeschwerden, permanente Müdigkeit und ein gelegentliches Stechen im Brustraum veranlassten sie, nach Monaten der Hinnahme ihrer Beschwerden, den Arzt aufzusuchen. Der überwies sie nach Heidelberg. Was folgte, erspare ich mir aufzuzählen.

Ich saß an ihrem Bett auf der Intensivstation und hielt ihre Hand. Es war ein Tag, wie die zuvor, in denen sie unter der Wirkung der Schmerzmittel so gut wie nicht ansprechbar zu sein schien. Ich hielt die Hand, die zu einem Körper gehörte, der unter der leichten Decke kaum noch Bewegungen der Muskulatur ahnen ließ. Und dennoch spürte ich, wie sich ihre Finger in meiner Hand zuweilen einrichteten, mich ein Blick aus einer sich mehr und mehr entfernenden Welt traf, als wolle sie mir sagen: Es ist gut, dass du bei mir bist! Ich wischte ihr den Schweiß von der Stirn, die Feuchtigkeit aus den Mundwinkeln und starrte zwischendurch auf die Anzeigen der Apparate über ihrem Bett.

Es kam die Stunde, in der das grün flimmernde Kurvensignal ihrer Herztätigkeit nach und nach die Spitzen seiner Ausschläge verlor, bis es sich einer Geraden annäherte. Ein Signalton setzte ein und rief den Stationsarzt. Der studierte in Sekundenkürze den Zustand aller Anzeigen, hörte Hanna ab und sah mich mitleidig an. Er stellte die leise zischende Sauerstoffzufuhr ab und schloss ihre Augenlider. Ich fiel geradezu auf ihren leblosen Körper, streichelte auf der Bettdecke, was darunter von Hanna zu fühlen war und schluchzte, bis mich die Hände der hinzugetretenen Schwester an den Schultern berührten. Der Arzt hatte den Raum verlassen. Die Schwester nahm mich in den Arm und hielt mich sekundenlang. Dann zog sie die Bettdecke über Hannas Gesicht und führte mich auf den Flur.

In Umbertos Zettelsammlung fand ich nur noch diese Zeilen:

Und nun habe ich die Auskunft erhalten, an einem Wirbelkörper im Brustraum sei ein bösartiger Tumor nicht auszuschließen. Ich bin dreiundsiebzig Jahre alt, besitze ein Haus in *Vignole* und trage mich mit dem Gedanken, dort die Tage zuzubringen, die mir noch bleiben. Zwei Einsame werden es sich teilen: Marisa in ihren Räumen und ich im Dachgeschoss. Man braucht sich nicht um mich zu sorgen. Marisa wird mir helfen, sollte ich die Treppe nicht mehr aus eigener Kraft hinaufgehen können. Im Dorf bin ich bekannt als *un italiano che ha lavorato tanti anni in Germania. Und nun ist seine Frau vor einigen Jahren gestorben, -und er lebt hier, qui da solo, in casa sua - e Marisa lo assiste.*

◆

An einem regnerischen Tag im Mai stand ich vor dem Haus in Vignole, den Text in einer Mappe unter dem Regenmantel. Umberto hatte auf meinen Vorschlag, ihn zu besuchen, nicht geantwortet. So buchte ich ein Bahnticket und fuhr auf gut Glück los, ungewiss, ob mir Marisa öffnen würde.

Er saß auf dem grünen Sofa, umgeben vom Mobiliar, das ich kannte und wendete meinen Textentwurf unentschlossen in den Händen, legte ihn dann zur Seite. Marisa kam mit aufgeschnittenem Hefegebäck und setzte sich zu uns. Wir tranken roten Assam, und ich berichtete in sein Schweigen hinein, dass ich auf Empfehlung von Bekannten im Hotel Marchi in Arco wohne, ein paar Tage bleibe, um kennenzulernen, was er in seinen Notizen beschrieben hat. Das nötigte Umberto kein Wort des Erinnerns an unsere Nachbarschaft ab, geschweige denn an jenen Nachmittag bei ihm in der Wohnung, als er mir das braune Kuvert zuschob. Ich habe einen geistig Abwesenden angetroffen, der in gutem körperlichen Zustand zu sein schien. Jedenfalls brauchte er Marisas Unterstützung nicht, um die Treppe in seinem Haus zu erklimmen. Er geht auf die Achtzig zu und spricht von baldiger Abreise. Ein ehemaliger Ingenieur, der sich mit Fernglas und Landkarten aller Herren Länder in sein Haus zurückgezogen hat und in Selbstgesprächen seine Reisen auf den Karten mit dem Finger nachvollzieht. Hanna scheint allgegenwärtig zu sein. Er stellt ihr Fragen, als stünde sie hinter ihm. Die Antworten gibt er sich selbst. Mit dem Fernglas hält er vom Fenster aus Kontakt zur sichtbaren Welt.

◆

Rüdiger

Simone schlug einen Kinobesuch vor. *Der bewegte Mann* von Sönke Wortmann stand seit einiger Zeit auf ihrer Liste. Rüdiger hatte keine. Ihn überzeugte die Aufzählung der verliehenen Preise.

Und danach?

Da stehen zwei fröstelnd auf dem Parkplatz und sehen sich vor dem Einsteigen fragend an. Du zu mir? Oder ich zu dir? Aber doch nicht Rüdiger! Simone vielleicht schon, ja, ganz sicher nach diesem Film!

Was ist mit einem anzufangen, der nicht einmal auf andeutende Blicke zu reagieren versteht? Selbst dann nicht, wenn man ihm zuliebe versucht hat, Axel und seine hetero- und homosexuellen Gespielen als gefallene Engel zu interpretieren?

Rüdigers Welt ist durcheinander geraten!

Die Minuten auf der Bundesstraße zwischen Tübingen und Unterjesingen, vier Kilometer durch Nieselregen über eine kurvige Strecke, eignen sich nicht, Dialoge aus dem Film in eigener Sache fortzuführen. Im Licht entgegenkommender Fahrzeuge zeichnen die Scheibenwischer Schlieren über die Frontscheibe. Rüdiger stemmt sich vom Lenkrad ab, Simone schiebt den Sitz nach hinten und streckt die Beine. Die frivolen Engel sind entschwunden und keine ahnungsvolle Verständigung löst sie ab.

„Du kannst mich nachher vorne absetzen", haucht Simone in die Sprachlosigkeit. „Wo vorne, meinst du?" – „Na dort, wo du hoch musst." - „Also unten an der Hauptstraße?" – „Ja bitte." – „Nein, ich bringe dich trocken vors Haus. " – „Bitte nicht!" – „Ach so, deine Vermieter." – „Ja."

Rüdiger lenkt den Kadett an die Bushaltestelle. Simone stößt die Tür auf. „Der Schirm! Simone, nimm den Schirm aus dem Kofferraum!" Sie geht um das Fahrzeug. Die Heckklappe ist nicht zu öffnen. So steigt er aus, schließt sie auf. Simone beugt sich nach dem Schirm. „Ich bringe ihn morgen vorbei", sagt sie und spannt ihn auf.

An der Fußgängerampel wendet sie sich nochmals um, winkt. Rüdiger klopft die Nässe von der Lederjacke, lässt sich auf den Sitz fallen, zieht die Tür zu.

Die Entscheidung ist getroffen und du, Rüdiger, hätte man ihm zurufen wollen, hast eine Chance verspielt, vertan!

Simone überquert die Straße.

Richtung Bahnhof biegt sie ab. Diese tänzelnden Ausgleichsbewegungen in ihrem Gang! Die Straße senkt sich und dann ist nur noch der Schirm zu sehen.

Er startet den Motor.

Na also! Sie wird morgen bei dir vorbeischauen. Ganz ergebnislos endete der Abend ja für dich nicht, hätte Holger ihn aufgebaut. Aber an einer Zimmertür in der Wohngemeinschaft anzuklopfen, diese Selbstverständlichkeit ist vorbei. Umkehren und bei Holger und Co. in der Neckarhalde vorbeischauen?

Dort in der WG war Rüdigers Ausdauer gefürchtet. Eingestreut in Erörterungen der Art, ob Gott in das Geschehen dieser Welt eingreife, bemerkte er üblicherweise in der Frühe gegen drei, dass er sich jetzt ein paar Stunden hinhauen würde. *Mag sein, dass dir ein paar Stunden genügen; auf dich wartet ja kein Job!,* meinte der eine oder andere Mitbewohner gelegentlich.

*

Zweihundert Hektar Landwirtschaft im Oberschwäbischen, Waldbesitz und Sägewerk, sowie ein gut besuchtes Landgasthaus mit Ferienwohnungen sind die Basis seiner Unabhängigkeit. Familienintern geregelte Zuwendungen der sechs Jahre älteren Schwester, Chefin der aus eigenwirtschaftlich arbeitenden Betriebsteilen gebildeten ländlichen Holding, garantieren ihm den Lebensstil. Als Teilhaber am Familienbesitz ohne Mitarbeitspflicht kann er sich dem Geistigen und Schönen widmen. Es träfe die Realität jedoch nicht, Rüdiger einen Bonvivant zu nennen, - ein Wort, das ohnehin ungebräuchlich geworden ist. Das innere Erbe aus großbäuerlicher Abkunft, zumal einer schwäbischen, verpflichtet zu Zurückhaltung und

Erfolg. Und den kann er dadurch belegen, dass er Veröffentlichungen, die auf seine Tätigkeit als freier Autor hinweisen, halbjährlich an die Mutter sendet. Die Lindenwirtin, einiges über siebzig, präsentiert sie den Gästen auf einem Tischchen im Flurwinkel vor den Toiletten.

Ihre Überlegung: Dort kommt früher oder später ein jeder vorbei, und manch einer, oder eher eine, wird davor verweilen. Einheimische tun das schon deshalb, weil sie die Frage erwartet „Hoscht au g'läsa?". Fremde erkundigen sich bisweilen erstaunt nach der Quelle. „Jo, jo, mei Sohn, der Rüdiger!", bemerkt die Mutter dann beiläufig, öffnet den Wandschrank und legt ein Buch auf den Tresen. „Des hot er au' g'schriebe." Man darf es zur Ansicht an den Tisch mitnehmen. Rüdigers Schilderung seiner Kindheit und Jugendjahre.

Aus Höflichkeit blättert man in dem Buch. Sobald das Kapitel *Eintritt in die Klosterschule* erreicht ist, entsteht Aufmerksamkeit.

Den tief in der Seele verwurzelten Glauben einer lebensklugen Oberschwäbin kann es nicht erschüttern, wenn man das, was ohnehin als bekannt vorauszusetzen ist, hier in einem Einzelfall bestätigt findet. Auch die geistlichen Herren seien eben Menschen wie Sie und ich, würde sie auf entsprechende Bemerkungen hin sagen und das Buch in den Wandschrank zurücklegen.

Die standfeste Katholikin weiß, dass Schatten entstehen, wo Licht auf das Land fällt. Und in der weitwelligen Landschaft Oberschwabens behält man den Überblick, auch wenn sich die Straße nach einer Biegung hinter einem steilwandigen Moränenhügel vorübergehend dem Blick entzieht.

An einem Morgen zwischen Weihnachten und Silvester fuhren Rüdigers Eltern nach Ravensburg zu einem Notar. So sagten sie jedenfalls. Am Abend kamen sie mit seinem Koffer zurück. Fast dreißig Jahre ist das her. Was ging voraus? – Rüdiger, über die Weihnachtsferien zu Hause, verweigerte den Besuch der Messe. Ein unerhörter Vorgang, von der Mutter nach anfänglichen Vorhaltungen und Drohungen bezüglich seines Seelenheils nicht ohne Nachdenklichkeit hingenommen. Die Unsicherheit des Jungen war ihr aufgefallen. Las er sonst schon viel, so zog er sich jetzt, wann immer es ging, auf sein Zimmer zurück und zeigte sich nur zu den Mahlzeiten.

Sobald der Weihnachtstrubel vorbei war, nahm sie den Sohn auf die Seite. Von jeher war ihr Verhältnis vertraut und innig. Der Dreizehnjährige hatte längst begriffen, dass seine Vorzugsstellung in der Familie der Mutter zu verdanken war. Und dafür gab es einen Grund: Der intelligente Junge sollte einmal *geistlicher Herr* werden, in wohlhabenden bäuerlichen Familien ein traditionell nicht unüblicher Wunsch.

Rüdiger hatte sich schließlich nach anfänglichem Ausweichen der Mutter anvertraut: Bernhard, sein Freund und Bettnachbar im Schlafsaal, habe nach „Kapellendiensten", einer keineswegs üblichen Verlängerung des Abendgebets, im Bett geweint, von ihm bemerkt, weil er auf den Freund gewartet hatte. Sprechen war untersagt, doch die fantasiebegabten Jungen hatten einen Code entwickelt, der sparsam Verständigung erlaubte. Ein Rest von Privatheit im streng geregelten Tagesablauf eines kirchlichen Internats.

Rüdiger konnte der Mutter nur andeuten, was er von Bernhard bruchstückweise bei Hofaufenthalten und geführten Spaziergängen erfahren hatte: Ein gewisser Padre F. hatte sich Bernhard wiederholt genähert, eben bei diesen „Kapellendiensten". Bernhard vermochte sich Rüdiger nur in Andeutungen über „besondere Reinigungen" zu erklären, solchen, die auch er inzwischen an sich gelegentlich für nötig befand und die ihn erschreckten. Die Folgen verbarg er vor den Kameraden, wusch heimlich Schlafhosen aus, legte sie feucht und ordentlich gefaltet in den Schrank und zog sie auch feucht wieder an. Er befürchtete, bei einem der täglichen Raumdurchgänge aufzufallen.

Und nun erfasste Rüdiger die Angst, demnächst wie Bernhard zum „Kapellendienst" antreten zu müssen. Eine Angst, die in der Vorstellung schuldhafter Unreinheit gründete und für ihn mit der geforderten Keuschheit in Gedanken und Taten nicht in Übereinstimmung zu bringen war. So verunsichert, versuchte er dem Ort auszuweichen, an dem ihn das Schuldgefühl in ganzer Wucht traf: der Kirche.

Aufklärung war in der Erziehung jener Jahre nicht üblich, schon gar nicht in dieser Gegend und beileibe nicht in einer Klosterschule. Sie blieb ein zufälliges Ergebnis mehr oder weniger offen geführter Alltagsgespräche und der Aha-Erkenntnisse männlicher Jugendlicher in der Begegnung mit Älteren. Mädchen verschaffte das Eintreten der monatlichen Blutungen eher Zugang zu dieser Thematik. Jungen blieben in der Regel sich selbst überlassen.

Aus seinen verworrenen Andeutungen erfasste die Mutter die Seelenpein des Sohnes. Was tut eine Bäuerin in dieser Situation? Sie lenkt den Blick auf das, was er kennt. Wann gibt eine Kuh Milch? Was geht voraus? Rüdiger begriff zumindest so viel, dass er sich in eine natürliche Entwicklung einbezogen verstehen konnte. Das minderte momentan sein Schuldgefühl. Die Angst vor den Padres in der Klosterschule blieb. Sie blieb ihm bis zum Abend des Tages, an dem die Eltern angeblich zum Notar nach Ravensburg gefahren waren. Nach den Weihnachtsferien wechselte Rüdiger an das Gymnasium in der Kreisstadt.

Und Bernhard? Rüdiger traf ihn zu Beginn seiner Studienzeit in Tübingen in einer Mensa. Bernhard studierte Mathematik und Physik. Zu der Zeit in der Klosterschule wollte er sich nicht äußern.

*

Rüdigers Studienlandschaft gleicht einem Flickenteppich. Der mütterlichen Wunschvorstellung entsprechend begann er in Tübingen mit katholischer Theologie. Vor Eintritt in das Stift orientierte er sich um. Sprachen und Philosophie, Kunstgeschichte und Psychologie durchzogen im Wechsel seine Semesterplanung, auch naturwissenschaftliche Vorlesungen, die ihn Zusammenhänge welt-ordnender Erkenntnisse erwarten ließen.

„Was treibesch au dort uf Tibinga?", stellt ihn die Mutter an einem Sonntag nach dem Mittagessen zur Rede. Er hatte keine Erklärung zur Hand, die ihr nachvollziehbar gewesen wäre. „Bub, hör au! Des ischt uff Dau'r koa Zustand . . . ond der dauert schau viel z' lang! I hond akzeptiert, dass du nett im ronde Krage hoim kommscht. Ab'r langsam sott'sch was in d'r Hand honn, von dem au mol läba konscht. Der Lisbeth moag i di nett als Koschtgänger z'rugg losse, wann i mol nimmer bin. Verschteg'st mi?"

So sah er sich gezwungen, wie auch immer, sein Studium erkennbar erfolgreich abzuschließen. Ein akademischer Grad würde die Mutter zufriedenstellen, zumal ihm die Schwester zu verstehen gegeben hatte, dass sie sich seine Rückkehr ohnehin nicht vorstellen könne und ihn im Erbfall lieber ausbezahle, als in die heimatliche Betriebsordnung integriert zu erleben. Ihre lakonische Feststellung: „So, wie du bisch, taugsch hier zu nix! Schroib halt no ä Buach."

Die Chance bot sich ihm nach etlichen Rücksprachen mit seinen akademischen Lehrern in der Kunstgeschichte. Eine Magisterarbeit sollte es sein, die *Darstellung der Engel in Plastik und Malerei im Oberschwäbischen Barock*. Diese Engel, Boten zwischen Himmel und Erde und allegorische Figuren in vielen Funktionen, vom Guten über das Alltägliche zum Bösen, bewegten Rüdiger nicht ausschließlich geistig. Ab da war er unterwegs. Er fuhr mit seinem betagten Kadett zwischen Ulm und dem Bodensee Kirchen und Klöster an, stellte Verbindungen zu Verantwortlichen und Kompetenten her und fotografierte in einer ersten Runde alles ,Brauchbare', wie er sich ausdrückte. Bereits zu Beginn hatte man ihm gesagt, das Thema sei nicht vollständig aus Quellen in Bibliotheken und Archiven zu erschließen. Es gewänne erst durch Abbildungen eine überzeugende Struktur.

Nach zwei Jahren reichte er seine Magisterarbeit ein, bestand die mündlichen Prüfungen und durfte seinem Namen zwei Buchstaben anfügen: M.A.

In der „Linde" fand eine Feier statt. Wer im Ort zählte, war eingeladen und kam. Monsignore H., der hiesige Pfarrherr, schlug Rüdiger vor, an einer Broschüre über die Dorfkirche mitzuwirken. Er wolle über die Geschichte des Pfarrfleckens schreiben. Für Rüdiger hatte er den Beitrag *Baugeschichte und Ausstattung* der im barocken Stil umgebauten spätgotischen Kirche vorgesehen.

Das Projekt reizte Rüdiger, brauchte jedoch Unterstützung durch das Bischöfliche Bauamt der Diözese und des Denkmalschutzes. So lernte er Dezernatsleiter, Kunstsachverständige, Architekten und Künstler kennen, die sich in ihren Werken dem Religiösen zugewandt hatten. Sein Überblick über barocke Engel, auch über solche aus zeitlichen Grenzbereichen, erweiterte sich und war hin und wieder gefragt. Rüdiger hatte nun endlich so etwas wie einen Beruf, wenngleich von den spärlichen

Honoraren nicht zu leben war. Das musste ihn jedoch nicht kümmern.

Er verließ die langjährige Wohngemeinschaft in der Tübinger Neckarhalde zur Erleichterung der Mitbewohner. Die waren es leid, Telefondienste zu leisten und seine häuslichen Pflichten während der zahlreichen Abwesenheiten zu übernehmen. Er legte sich Anrufbeantworter und Waschmaschine zu und bezog eine Einliegerwohnung in einem Dorf an den Hängen des Schönbuchs zwischen Tübingen und Herrenberg. Der Umzug beeinflusste seine Lebensführung nachhaltig: Kein Aushelfen mit Zwiebeln in der Küche, aber auch kein Warten vor dem Bad und nicht mehr die Möglichkeit an einer Tür zu klopfen, eine halbe Stunde oder länger über dies und das zu plaudern. War ihm der Kaffee ausgegangen, ja, dann musste er die Schuhe anziehen und hinunter ins Dorf.

*

An der Kasse des örtlichen Supermarktes wird ihm an einem Nachmittag im Herbst ein gutes Quantum Geduld abverlangt. Rüdiger hat bereits die Geldbörse in der Hand. Vor ihm eine junge Frau: Joghurt, einen Kopf Salat, Zwiebeln, legt sie auf das Band, eine Packung Spätzle, Linsen in der Dose, Trauben in einem Plastikbeutel und weitere Kleinigkeiten. Bei den Trauben angelangt, steht die Kassiererin auf, geht zur Waage am Obststand, tippt die Warennummer ein, klebt den Abschnitt mit den Codestreifen auf, kehrt zurück und zieht wortlos die Plastiktüte über den Scanner.

„Ich habe die Trauben doch abgewogen! Es sind genau 500 Gramm, dreisechzig das Kilo!" Die Kassiererin hebt die Schultern, sagt angestrengt gelassen: „Dreizehnmarkelf bitte", und hält der Dame die offene Hand entgegen. „Einen Augenblick noch", sagt die, nimmt den zu unterst geratenen Salatkopf aus der Einkaufstasche und tauscht ihn gegen die Konservendose aus – logisch und konsequent.

Rüdiger atmet hörbar durch. Die junge Frau wendet sich um und lächelt gewinnend. „Dreizehnmarkelf bekomme ich", wiederholt die Kassiererin und blickt demonstrativ zur Decke.

Das Einpacken ist beendet. Die junge Dame, zutreffender als später Teenager zu bezeichnen, sucht in den Außentaschen ihrer Jacke nach der Geldbörse. Dort ist sie nicht, aber in der linken Gesäßtasche ihrer Jeans. Sie zieht zwischen diversen Kassenbons einen Zehnmarkschein heraus und kramt mit spitzen Fingern nach Münzen. Das Kleingeld reicht nicht. Folglich nimmt sie die Banknote wieder an sich, steckt sie zurück in die Geldbörse, legt stattdessen einen Zwanzigmarkschein vor der Kassiererin ab. Die bemüht sich zu lächeln und fragt freundlich: „Haben Sie eventuell elf Pfennige?" – „Moment!" Die Kramerei in der Geldbörse geht in die nächste Runde.

Rüdiger hat das erwartet und bereits elf Pfennige in der Hand, die er mit der Bemerkung neben dem Zwanziger auf das Band knallt: „Ich würde mich gerne an der Beschleunigung ihres Lebensstils beteiligen."

Die Kassiererin verschluckt sich und schaut mit zuckenden Gesichtsmuskeln zu Boden. Artikel 4, Absatz b der Betriebsordnung: *Lassen Sie keine innere Beteiligung erkennen und versuchen Sie neutral zu bleiben.* Die junge Frau wird blass, rafft das Rückgeld vom Geldteller und verlässt den Laden.

Rüdiger blickt ihr hinterher: Ob es auch einem Mann gelingen könne, mittels bewegter Körperteile rückwärtig Empörung auszudrücken?

„Dreiundzwanzigvierundachtzig bitte", sagt die Kassiererin ungerührt.

*

In einem großen Dorf ist die Wahrscheinlichkeit, dass sich Wege kreuzen, kaum eine andere als in einer Stadt, aber eben doch beschränkt in den Möglichkeiten. So bevorzugen bestimmte Personengruppen die gleichen Routen oder Ziele. Das sind hier die Wege durch die Weinberge. Einheimische gelangen über sie zu ihrem ,Wengert' oder ,Stückle'. Zugezogene gehen spazieren, Hundebesitzer sowieso.

Das Haus, in dem Rüdiger wohnt, liegt in einem Neubauviertel, direkt unterhalb der Weinberge. Er nutzt die Wege durch die Reben zu Spaziergängen. Ist das gegen Mittag, so begegnet er hin und wieder einem älteren Paar. Der arbeitsgerechten Kleidung und den Hacken über der Schulter nach zweifellos Einheimische, die nach der Tätigkeit im Weinberg dem Mittagessen zustreben. Bald grüßt man sich, bleibt dann schon mal stehen, verliert ein Wort über das Wetter. - Aus solchem Anlass stellte Rüdiger einmal fest, dass ein Weinberg doch ordentlich Arbeit bringe, unabhängig von der Jahreszeit. Landwirtschaftliche Tätigkeit sei ihm ja nicht fremd. „Jo, jo, da händ Se schau Reecht", erwiderte die Frau, sah ihren Mann an, als wolle sie sich seiner Zustimmung vergewissern, trat dann einen Schritt auf Rüdiger zu, schaute sich um und meinte: „Wisset Se, m'r ganget do meischt au bloß schpaziere, mei Mo und i. Mir send jo Rentner."

Rüdiger deutete auf die Hacken, auf die sich beide stützten. „Oh je, die nemmet mer halt mit, weil mer sonscht im Flecke moine kennt, dass m'r bloß schpaziere ganget." Rüdiger lachte, wohl etwas irritiert, worauf der Mann mit dem Zeigefinger vor ihm fuchtelnd sagte: „Bei ons isch des äbe so, dass m'r allweil e G'schäft hot." Ab da war man miteinander vertraut und tauschte sich über das Dorfleben aus.

*

An einem Samstag entdeckt Rüdiger gleich zu Beginn des Weges, etwa zwanzig Meter entfernt, eine weibliche Gestalt: eine schmale Silhouette auf dem ansteigenden Weg. Beim Gehen hält sie die Arme leicht gestreckt nach hinten. Nur die Schultern bleiben auf einer Höhe; der restliche Körper folgt in ausgleichenden Bewegungen den tastend angesetzten Schritten. So entsteht der Eindruck, als bewege sie sich, Unebenheiten ausweichend, tänzelnd über das ausgewaschene Gelände nach oben. Wer will, kann das für eine aparte Form weiblich betonter Fortbewegung halten oder für zickiges Getue.

Rüdiger zieht das Tempo an.

Der Zufall, ein zweiter ,will, dass aus einem Seitenweg das Rentnerpaar auftaucht, die Hacken vor sich absetzt, als es Rüdiger gewahr wird und ein Schwätzchen erwartet. Ja, das geht jetzt nicht anders! Nach Bemerkungen über die diesjährig späte Traubenernte und die zu vermutende Qualität des Weines kann er es nicht lassen, auf die sich hangaufwärts entfernende Person zu verweisen. „Oh die! Die kennet m'r", meint die Frau nach einem Blick entlang des Weges. „Des isch e Praktikandin an onserer Schul'. Wisset Se, des Mädle hot e Zimmer zwoi Häuser weider."

Und dann hat es Rüdiger eilig.

Sie ist verschwunden. - Schicksal! Welcher junge Mann hat das nicht schon einmal erlebt? Für Rüdiger in seinem dreiundvierzigsten Lebensjahr eine unerwartete Erfahrung. Er hastet den Weinberg hinauf, kommt ins Schwitzen und beginnt stoßweise zu atmen. So übersieht er die junge Frau, die sich oberhalb zwischen die Rebstöcke verdrückt hat, um vergessene Trauben zu ernten - zum vorgezogenen Nachtisch.

Außer Atem lässt er sich auf einem eingebrochenen Mauerstück der aus Keupersteinen geschichteten Einfassung des Weinberges nieder. Von hier oben überblickt er die steil angelegten Rebgärten, die sich in Schwüngen dem Verlauf des Schönbuchabhanges anpassen. Der aufsteigende Weg, dem er im Stil eines Joggers gefolgt ist, durchschneidet das buchtartige Hanggelände. Von der Frau keine Spur!

So schließt er die Augen im blendenden Mittagslicht, nimmt die Wärme der Herbstsonne auf. Seine Fantasie kramt ungebetene Bilder zu den Bewegungen des verschwundenen weiblichen Wesens hervor. Elfenhaft grazil muteten sie ihn an. Assoziationen aus Versatzstücken pubertärer Erinnerung oder eine Nachwirkung der Engelbilder? Zweifelsohne hormonbewegt hineingestoßen in die Traumwelt eines frauenfreien Zweiundvierzigjährigen.

Simone, mit Nachnamen Reible und aus der Nähe betrachtet alles andere als elfenhaft, eher von magerer Gestalt und staksig in den Bewegungen, hat das Gespür eines Weibes, das den Dunst suchender Männlichkeit offenbar über die Entfernung wahrzunehmen vermag. Ein aufgefaltetes Papiertaschentuch vor sich und auf diesem eine Handvoll blauer Weinbeeren, springt sie wenige Meter unterhalb der Weinbergeinfassung auf den Weg und nähert sich zögernd, weiß Gott nicht zögerlich. „Hallo", grüßt sie aus drei Meter Entfernung, „i hann Ehna für elf Pfenning e paar Treible aa-broche, vun däm, was no ibrig bliebe isch. Ond no denk i, senn m'r quitt."

Selbstredend beherrschte die Lehrerstochter aus dem schwäbischen Teil des nördlichen Schwarzwaldes auch hinlänglich das Hochdeutsche, obgleich dies den Bürgern unter Verweis auf ihre sonstigen Fähigkeiten in Selbstdarstellungen des Bundeslandes abgesprochen wird.

Rüdiger schlägt sich mit der Hand gegen die Stirn. „Ach Sie sind's, die junge Dame an der Supermarktkasse letzthin! . . . Abrr, segget Se, wourum hond Se au so e schlächts G'wisse?"

Die Passage Oberschwäbisch erweist sich als milder Initiativehemmer. „Ich hab's halt so im Kopf behalten." Mehr weiß Simone nicht zu sagen und steht noch immer mit den Trauben auf dem Papiertaschentuch vor ihm. Neutral betrachtet, drückt ihre Körperhaltung eher Trotz als unsicheres Abwarten aus.

Rüdiger fegt mit der flachen Hand Staub von einem Stein. Simone versteht und setzt sich. Sie legt das Taschentuch mit den Trauben zwischen sich und Rüdiger und schaut wie er, schweigend über die Weite des Ammertals. Er greift in die Trauben. Die Wärme der Herbstsonne füllt die Stille.

Am Ende der von Tübingen her auslaufenden Hügelkette die Wurmlinger Kapelle, darunter die Absenkung bei Wendelsheim und rechts der dunkel bewaldete Pfaffenberg, dessen Hänge sich nordöstlich zu Oberndorf hin neigen, dem Ort auf der Anhöhe über dem hier schluchtartig in den Muschelkalk eingeschnittenen Ammertal. Der Zwiebelturm der Poltringer Kirche ragt aus dem Talgrund.

Simone weist mit ausgestrecktem Arm auf den Kirchturm. „Der sieht aus", meint sie belustigt, „als würde er demnächst abtauchen."

Das Schweigen ist gebrochen und Rüdiger fühlt sich angeregt, das Kommunikationsangebot mit einer Darstellung des Sachverhalts aufzugreifen. Eine katholische Kirche sei das, die man zweihundert Jahre nach der Reformation am Ortsrand von Poltringen für die verbliebenen Römischkatholischen gebaut habe, eben dort, wo sie nicht zu auffällig wirkt. Die Tochter einer protestantischen Familie zeigte sich erstaunt über eine so großzügige Regelung in jener Zeit an dieser Ecke des Herzogtums.

Ein weiteres Stichwort für Rüdiger.

Hier, in der ehemaligen Grenzzone Württembergs zum Machtbereich der Habsburger, erklärt er, hätten seit dem Mittelalter bestehende Besitzverhältnisse die territoriale Abgrenzung zwischen protestantischen Untertanen Württembergs und katholischen anderer Herrschaft erschwert.

„Und diese gotische Kirche?" Simone deutet auf den Kirchturm in Unterjesingen. „Seit 1535 protestantisch, dem Jahr des Beitritts Württembergs zur Reformation."

So werden in der Folge alle sichtbaren Kirchen in den umliegenden Dörfern angesprochen und Rüdiger hat zu jeder etwas anzumerken.

„Sie kommen doch aus Oberschwaben, wie ich Ihrer Dialektfärbung entnehme?" – „Treffer! Aus der Nähe von Ravensburg." – „Und obwohl Sie nicht aus dieser Gegend stammen, kennen Sie sich hier so gut aus?" – „Hat mit meinem Job zu tun", antwortet er sybillinisch lächelnd. „Aber bleiben wir mal in der sichtbaren Welt um uns! Da

wäre noch einiges über den Einfluss des Klosters Beben-
hausen in dieser Gegend anzumerken."

„Also schön", seufzt sie, „wenden wir uns der Bedeutung Bebenhausens zu! Über dieses Kloster habe ich hier
einiges mitbekommen", kramt in der Jackentasche und
zieht eine Schachtel Zigaretten und das Feuerzeug hervor. Weniger erstaunt, als eher seine Ablehnung solch
ungesunden Tuns andeutend, fragt Rüdiger „Sie rau-
chen?"

„Weshalb nicht?", nuschelt sie mit der Zigarette im
Mund. Nach wiederholten Versuchen gelingt es ihr, das
Feuerzeug hinter der schützenden Hand zu entflammen.
Sie zieht den Rauch ein und bläst ihn über sich in die
Herbstluft. „Und besonders gerne, wenn man mir interes-
sante Dinge berichtet."

Selbstbewusste Worte im Plauderton, fordernd und
ichbezogen. Ihr Kalkül geht auf: Rüdiger doziert über das
Wirken der Zisterzienser-Äbte als Förderer der armen
Landbevölkerung und den klösterlichen Besitz in den
umliegenden Gemeinden. Anschließend isst man in einem netten Gartenlokal, verabredet sich auf den Abend
zum Kinobesuch, um die unverhoffte Gemeinsamkeit in
Tübingen fortzusetzen.

*

Am folgenden Morgen, kurz nach neun, läutet es an der
Wohnungstür. Rüdiger stellt die Glaskanne der Kaffeemaschine zur Seite, eilt ins Bad und wirft den Bademantel

über. Erneutes Läuten. Er zerrt den Gürtel am Bademantel fest und öffnet spaltbreit die Tür zum Hausflur. Simone streckt ihm den Regenschirm entgegen. „Zur Entlastung meines Gewissens", sagt sie grußlos und „entschuldige, dass ich dich so früh überrascht habe. Ich sollte vor der Abreise noch alles auf die Reihe bringen."

Erstaunt zieht Rüdiger die Tür auf. „Du reist ab? Davon hast du gestern nichts gesagt." – „Hab' ich das wirklich nicht? - Du, das Praktikum ist vorbei! Ich muss zurück nach Ludwigsburg. Nächste Woche beginnt der Semesterbetrieb. Ich brauche ein paar Tage Vorlauf." - „Komm rein!", fordert Rüdiger sie auf.

Simone bleibt auf der Fußmatte stehen, deutet auf seinen Bademantel. „Willst du das wirklich?"

Er blickt an sich hinunter. „Ach, hatte ich fast vergessen. Komm endlich! Das Treppenhaus ist hellhörig. Ich zeig dir die Funktion der Kaffeemaschine und dusche dann. Anschließend frühstücken wir. Okay?"

Simone tritt zögernd ein - weiß der Himmel, wieder nicht zögerlich! Er schließt hinter ihr die Tür. Auf dem kleinen Korridor stehend sieht sie sich um. Der Gurt um den Bademantel hat sich gelockert. Rüdiger zieht die Schleife fest. Simone tritt zwei Schritte vor. Die Küchentür steht auf. Ihr Blick fällt auf nicht abgewaschenes Geschirr. Abrupt wendet sie sich zu ihm. „Ich mag deine Rollenverteilung nicht." – „Ja, was dann?", reagiert Rüdiger verdutzt.

„Ich sollte mich doch erst mal richten."

Simone lächelt, für Rüdiger ein rätselhaftes Lächeln, nähert sich ihm in verhaltener Bewegung, einer Katze vor dem Absprung gleich, bis sie ihm im Abstand von wenigen Zentimetern gegenübersteht. Ihr Lächeln gefriert, ihre Augen verengen sich. Langsam, fast bedächtig, legt sie einen Arm auf seine Schulter, tippt ihm auf die Nasenspitze.

„Du, wenn ich jetzt bei dir bleibe", spricht sie eindringlich, „tun wir alles zusammen. Begreifst Du das?"

Wie hypnotisiert verharrt Rüdiger, als sie ihren Arm von der Schulter an seinen Nacken schiebt, den anderen durch das Revers des Bademantels auf seinen Rücken führt, sich an ihn drückt und ihn küsst. Völlig perplex tut er zunächst nichts. Dann schließen sich seine Arme um ihren Rücken, er fällt geradezu in ihren Kuss und hält sie fest, als wolle er sie vom Boden heben. Wie aus einem Reflex heraus springt das leichtgewichtige Weib auf seine Hüften, schließt die Beine um sein Gesäß, presst sich an ihn. Sie wanken und Simone lässt sich abgleiten.

„So geht das nicht!", sagt sie und lächelt vielsagend, maliziös, und schiebt ihn sacht von sich, wirft die Jacke ab, kreuzt die Arme und zieht den Pulli über den Kopf. In gespielter Verlegenheit greift sie nach hinten und löst den BH-Verschluss. Rüdiger umschlingt sie, streift druckvoll mit den Händen über ihren bloßen Rücken. Einen Moment nur, dann stößt sie ihn auflachend zurück. „Nicht so fest, Rüdiger! Du tust mir weh!"

Er lockert die Umarmung nur wenig und Simone schlüpft aus dem lose über ihren Brüsten hängenden BH, der zu Boden gleitet. Er birgt den Kopf an ihrem Hals. Für sie die Gelegenheit, ihn vom Bademantel zu befreien. Mit einer Hand greift sie unter seine Schlafanzugjacke, dann unter dem Gummizug der Hose hindurch seinen Hintern, drückt seine Pobacken und presst sich mit dem Becken an ihn. Mit der anderen Hand hält sie sich am Nacken fest.

Rüdiger nimmt die von Simone vorgegebenen Bewegungen auf, versucht seine Hand unter dem Bund ihrer Jeans hindurchzuschieben.

„Zieh mich aus", haucht sie und lässt seinen Händen Platz.

Er öffnet ihre Jeans und streift sie samt Slip über ihre Beine hinab. Graziös steigt sie, Fuß für Fuß, aus dem Textilhügel und steht nun nackt vor ihm.

Rüdiger hat die Lektion begriffen und zerrt sich endlich die Nachtkleidung vom Körper. Sie küssen sich, wo immer ihre Münder auf die Haut des anderen treffen, bis Simone wieder mit einem Ruck an ihm hochspringt und die Beine um seine Hüften schließt. Langsam lässt sie sich absinken.

Rüdiger stöhnt, hält sie in wilden Bewegungen vor sich, Simones Schreie werden immer höher und spitzer und plötzlich hat Rüdiger das Gefühl sich aufzulösen.

Simone gleitet von ihm ab. Erschöpft kommen sie voreinander zu stehen, ringen nach Luft wie zwei Boxer nach dem Rundengong. Simone findet als Erste zur Sprache. Sie streicht ihm über das Haar. „Und jetzt unter die Dusche . . . mein Liebster."

Rüdiger war nun endlich an dem Punkt in seinem Leben angekommen, den er bis zu dieser Vormittagsstunde nicht für erlebbar gehalten hatte. Er lag auf dem Bett, erschöpft und erfüllt von der Ruhe, die den überkommt, der sich seiner Leistung bewusst ist. Simone verschwand so unvermittelt, wie sie gekommen war. Zunächst im Bad und dann durch die sacht zugezogene Wohnungstür.

„Simone!", rief er verzweifelt und richtete sich auf, als er das Zuziehen der Tür hörte.

Zu spät! Er sank auf das Kissen zurück. Die Elfe hatte sich aus seinem Leben geschlichen und ein verwirrter Engel blieb zurück.

◆

Jobst

Viel konnte ich ihm nicht sagen, außer, dass es sich um eine Gruppe aus dem Raum Mannheim handle, deren Name mit P beginne. Die Musiker, alle im gestandenen Alter, nähmen Anleihe bei alter Volksmusik, daher kämen auch vergessene Instrumente wie die Drehleier vor. Die Violine spiele ein ehemaliger Schüler von mir. Und nun würde ich mir gerne eine CD der Gruppe zulegen, um zu hören, wie ihre Musik klingt.

Ich war der einzige Kunde, und der lange, dünne Mann mit dem ergrauten Haarschwänzchen bedauerte, mir nicht helfen zu können. Ich solle doch den ehemaligen Schüler fragen, ob er genauere Informationen geben könne, vor allem zum Label. *Gehört es einer professionellen Vertriebsgesellschaft, so unbedeutend sie auch sein mag, ist die Gruppe in einem Label-Code aufgeführt, wenn nicht, so handelt es sich wahrscheinlich um eine Eigenpressung. Vergleichbar dem Selbstverlag bei Printmedien,* erklärte er mir.

Inzwischen hatten zwei Teenies den Laden betreten. Die begannen im Kasten mit den reduzierten Angeboten zu wühlen. *Ey, kann ich was für euch tun?,* wandte er sich ihnen zu.

Tage darauf begegneten wir uns in der Schalterhalle der Sparkasse am Geldautomaten. Ich hatte die Sache mit der CD bereits vergessen. Er stand hinter mir, sagte eilig: *Kommen Sie mal bei mir vorbei!*, und schob die Bank-Card in das Gerät.

So erfuhr ich den Namen der Gruppe – *Patapan* -, und dass es sich um eine Pressung handle, die im Eigenvertrieb unterwegs sei. Doch, der Namen sei gefallen!, bestätigte ich. Wie er denn auf ihn gekommen sei? Er lächelte wie einer, der sich seines Wissens schämt. Hier, der Laden, gehöre zu einer Kette und die betreibe auch in Mannheim einen Shop. Dort sitze der Vertriebsleiter, ein guter Freund aus bewegten Zeiten und Liebhaber des Musizierens nach historischen Vorlagen. Bei ihm habe er angefragt. Er könne versuchen, mir die CD zu besorgen.

Hat man jemanden flüchtig kennengelernt, der dann auch noch in der Nähe wohnt, kreuzen sich mit einem Mal die Wege. Im Bistro des kommunalen Kinos traf ich auf ihn. Bei einem Espresso an der Theke schob er mir seine Erdnusstüte zu. Ich hatte erwähnt, dass ich als junger Mensch schon einmal für zwei Jahre in dieser Stadt gelebt, sie immer wieder aufgesucht hätte und mich nach der Pensionierung entschlossen hätte, hier die mir verbleibende Zeit zu verbringen, selbstverständlich in dem Viertel, das es mir damals angetan hatte.

So, so, unser Viertel! sagte er nur, und ab da waren wir im Thema.

So viele Espressi sind nicht zu vertragen, wie wir gebraucht hätten, um nicht trocken am Tresen zu stehen. Der Barkeeper schielte nach unseren geleerten Tässchen und wäre wahrscheinlich sehr einverstanden gewesen, wenn wir Bier oder anderes nachbestellt hätten. Zu dieser Zeit vertrug ich nur Tee und Mineralwasser. So schlug mein neuer Bekannter vor, zu ihm zu gehen. Er habe diverse Sorten Tee anzubieten und es sei nicht weit zu seiner Wohnung.

Die späten Abendstunden glitten in die Nacht. Es genügte zuzuhören, und so sammelte ich – nicht zum ersten Mal – unvorhergesehen Eindrücke aus einem anderen Leben. Sensibel geworden für Geschichten in der Nacht - der kräftig aufgebrühte Darjeeling tat seine Wirkung -, wurde mir wieder einmal bewusst, wie Beziehungen zu Orten Seelen besetzen. Orte, die mit ihren Eigenheiten Spuren hinterlassen. Und hat man gemeinsame Spuren entdeckt, entsteht gewöhnlich vertraute Stimmung. Die öffnete ihm nun den Mund.

Sein Bericht aus zeitversetzten Erlebnissen und Erfahrungen berührte mich so sehr, dass ich mich anderntags entschloss, das Puzzle in einer Story zusammenzusetzen. Was ich mit ihr tun würde, war mir in diesem Augenblick gleichgültig. Wie stets ist es meine Neugier, die mich in ein solches Abenteuer treibt. Ja, es sind Abenteuer! Die finden überwiegend im Kopf statt und enden in einer Datei im PC.

Bald merkte ich, dass ich nicht genug aufgenommen hatte. So rief ich meinen neuen Freund an – inzwischen duzten wir uns – und gestand ihm meine Absicht. Er hatte einen einzigen Vorbehalt: ich dürfe keine wirklichen Namen verwenden.

Deshalb nenne ich ihn Jobst.

Am folgenden Abend trafen wir uns bei ihm. Er holte zwei Weingläser, schenkte wortlos von einem Roten ein, setzte sich an den Flügel und versank im Spiel. Das floss zart und zugleich entschieden. Ich staunte, dass er keine Noten brauchte.

Nocturne von Chopin, sagte Jobst, griff zum Weinglas und forderte mich auf, zum Tischchen in der Ecke zu kommen.

Fangen wir an, Roland!

◆

Jobst I

oder die Grundierung

März 1944 - die Aufführung der Matthäus-Passion in der großen gotischen Kirche. Der Kleine rutscht das eine oder andere Mal von Mutters Schoß und drängt nach vorne zu Chor und Orchester. Er ist kaum zu halten und beginnt zu schluchzen. Die Mutter nimmt ihn auf und steht mit ihm im Seitenschiff vor dem Nebenaltar. Den rechten Arm über ihrer Schulter, beginnt er mit dem linken zu dirigieren und laut mitzusingen. Köpfe wenden sich. Die Mutter verlässt mit dem Sohn die Kirche. An den Vater gelehnt, hält die ältere Schwester durch.

Seitdem ließ der kleine Jobst die Mutter Schallplatten auflegen und dirigierte vor seinem Publikum, den Puppen und Stofftieren, die aufgereiht auf dem Teppich saßen.

Ende November 1944 zerstörten die Bomben das historische Zentrum der Stadt fast vollständig. Tausende verloren ihr Leben. Nur die große gotische Kirche blieb - wie durch ein Wunder – erhalten.

Das Dach des Geschäftshauses der Eltern war vom Druck der Explosionen in sich zusammengestürzt, die oberen Stockwerke zerstört. Wie ein abgebrochener Zahn in einem ausgeräumten Kiefer stand es mit einigen wenigen Nachbarhäusern am Rand der Trümmerlandschaft, vom Feuersturm nicht erreicht. Nach notdürftiger Abdeckung konnte wieder gebacken werden. Bretterverschläge ersetzten zerborstene Fensterscheiben, Arbeitskommandos räumten Schutt von den Straßen.

Das Viertel jenseits des Flusses blieb weitgehend unversehrt. Dort ging das Leben für Jobst und Schwester Annette in gewohnter Weise weiter. Den Vater sahen sie noch seltener. Der war damit beschäftigt, die Backstube wieder herzurichten und blieb über Nacht im Betrieb, bei Ausgangssperre unausweichlich. Die Mutter hatte anderes zu tun, als im Minutentakt Schallplatten aufzulegen. Jobst schielte nach dem Klavier.

Vom Vorbesitzer zurückgelassen, stand es an einer Wand im Wohnzimmer. Niemand aus der Familie konnte Klavier spielen, und den Kindern war es untersagt, den Klavierdeckel auch nur anzuheben. War die Mutter nicht in der Nähe, wagte Annette einzelne Töne anzuschlagen. Jobst versuchte es ihr gleichzutun, konnte aber den Deckel nicht halten. Der fiel mit dumpfem Aufschlag zurück, die Saiten vibrierten.

Lass' das! schimpfte die Mutter. *Was wird der Herr Professor sagen, wenn er zurückkommt und merkt, dass sein Klavier ruiniert ist?*

Der Herr Professor war mit Familie emigriert, das Klavier als einziges Zeugnis der vormaligen Bewohner im Haus verblieben, das Wort von der Rückkehr der jüdischen Bürger in jener Zeit ein gefährliches Wort. Vorsicht war geboten. Weiß man, ob Kinder nicht doch zu unpassender Gelegenheit plappern?

Bald darauf erschien ein Mann, den man *Herr Jo* nannte. Der spielte gelegentlich auf dem Klavier Walzer, Operettenmelodien, auch Volksweisen; die klangen meistens traurig. Mutter schloss dann die Fenster und zog die Vorhänge zu.

Das war im Sommer 1944. Erst später, nach dem Krieg, erfuhr Jobst, dass Herr Jo einer war, der sich vor den Nazis verbarg; deshalb auch der seltsame Name. Man hatte Mitleid mit ihm, gab dem schüchternen, abgemagerten Menschen zu essen und steckte ihm Geld zu, denn er war geschickt, besohlte Schuhe und reparierte Elektrogeräte. Vor allem aber konnte er nähen! Aus einem alten Mantel des Großvaters wurde unter seinen Händen ein neuer für die Schwester. Für Jobst entstanden Hosen und Hemdchen aus Stoffresten oder abgelegten Kleidungsstücken. Zu kaufen gab es nichts, nur auf Bezugsschein, falls es überhaupt etwas gab. Das *Winterhilfswerk* sammelte wärmende Unterkleidung, Decken und Wollsocken für *unsere Helden an der Front*.

Nach getaner Arbeit verschwand Herr Jo unbemerkt; das Verdunkelungsgebot half ihm zu überleben. Fragten die Kinder, wo Herr Jo wohne, hieß es: *in seinem Gartenhaus*. Das stimmte natürlich nicht. Man ahnte nur, wo er Unterschlupf gefunden hatte. Dass ihn niemand verraten hat, grenzt an ein Wunder.

Spielte Herr Jo, stand Jobst neben dem Klavier. Seine Augen folgten dem Gleiten der Hände, den flinken Bewegungen der Finger über die Tasten. Der Knabe suchte förmlich nach dem Zusammenhang von Spiel und Melodie. So nahm ihn Herr Jo auf den Schoß und schlug Tonleitern an. Der Kleine versuchte es ihm gleichzutun und brauchte dazu beide Hände. Es entstanden seltsame Klanggebilde. Daraufhin übte Herr Jo mit ihm einfache Melodien, wie *Kuckuck, Kuckuck ruft's aus dem Wald*.

Jobst stellte sich nicht ungeschickt an. Die Mutter ließ es nun zu, dass er ohne Herrn Jo ans Klavier ging, sofern sie in der Nähe war und er bei der Sache blieb. Der Knabe hatte begriffen, und die Mutter war nun überzeugt, dass der Sohn eine musikalische Begabung besitze. Sie engagierte Fräulein Schwedt als Klavierlehrerin, eine ledige ältere Dame, pensionierte Lehrerin – und streng! *Gute Bildung hat ihren Preis!* meinte die Mutter und achtete darauf, dass Jobst täglich übte.

Der Krieg war vorbei. Herr Jo kam schon lange nicht mehr. Man ging davon aus, dass er Kontakt zu Verwandten in den USA aufgenommen hatte. Das deutete die großkarierte Jacke an, die er bald statt seines verschlissenen Überziehers trug. Zu verbergen brauchte er sich nicht länger. Im Spätjahr 1946 soll er ausgereist sein. Ein Gerücht, das die erleichterte, die ihm geholfen hatten.

Nach der Währungsreform waren plötzlich die Auslagen wieder gefüllt. Schaufensterscheiben ersetzten die Bretterverschläge. Bald sprach man von einem Wirtschaftswunder. Auch der Betrieb von Teinhards, wieder Konditorei und Café wie in Vorkriegszeiten, florierte.

Nach zwei Grundschuljahren wechselte Jobst zur Waldorf-Schule im Viertel. Eine neue Klavierlehrerin löste das strenge Fräulein Schwedt ab, die wesentlich jüngere Sybille van Beek, ausgebildete Pianistin. Sie erkannte Jobsts Talent für musikalischen Ausdruck und führte ihn an Etüden heran, die jenseits des *Herunterspielens* - ihr Ausdruck! - von instrumental-pädagogischen Übungsstücken das harmonische Spiel forderten und förderten. *Deine Hände müssen Musik fühlen, deine Ohren einverstanden sein und deine Seele sollte mitschwingen, dann spielst du wirklich Klavier!*

Dieser Satz Sybille van Beeks grub sich in sein Bewusstsein ein.

Der Vater bestand nach Jobsts zehntem Schuljahr auf dem Abschluss an einer öffentlichen Schule. Als Handwerksmeister sagte er sich, dass der Junge mit dem Waldorf-Zeugnis nicht unbedingt etwas Vernünftiges erreichen werde. Gegen das Abitur hatte er nichts, könnte es doch für eine mittlere Laufbahn als Verwaltungsbeamter nützlich sein. Jobst wechselte auf ein Gymnasium und wiederholte die Klasse. Mathematik und Physik blieben Schwachstellen. Dass der Sohn im Gegensatz zu seiner Schwester keine Neigung zu praktischen Tätigkeiten zeigte, hatte der Vater mittlerweile hingenommen - für ihn eine verkehrte Welt.

Der Andere

Hat man euch in der Volksschule zur Filmvorführung auch in einen fensterlosen Kellerraum geführt? In Zweierreihe ging's runter. Waren wir im Treppenhaus laut, mussten wir wieder rauf und aus der Fibel abschreiben.

Offenbar nicht! Der Angesprochene schaut an Jobst vorbei auf die Tanzfläche. Soeben hat er noch von *Tom and Jerry* geschwärmt, dem tollpatschigen Kater und der cleveren Maus.

Jobst nippt am Whisky-Glas. Das Zeug ist teuer, die Luft zum Schneiden. Das musikalische Niveau war auch schon besser. An Abenden wie diesem sind im Jazzkeller die Stunden lang.

Die Chorus-Melodie eines Blues zieht durch das Gewölbe. Der Posaunist bläst sein Instrument frei und setzt zum Solo an. In der Enge, auf den wenigen Quadratmetern vor der Combo, kleben Paare aneinander. Der Andere, am wackeligen Gartentischchen ihm gegenüber, schnippt Richtung Tanzfläche, offensichtlich wirkungslos. Daraufhin zieht er eine Gauloise aus der Packung.

Jobst schaut zu, wie er die Zigarette anzündet, den Rauch ausstößt, so tut, als berühre ihn nichts. Nervöse Langeweile mit Attitüde überlegener Gleichgültigkeit.

Schließlich beugt er sich schließlich zu Jobst. *Nein*, sagt er, *nicht in der Schule. Wir waren in einer Baracke unter-*

gebracht. Die Tom-und Jerry- Filme gab's im Aktualitätenkino am Bahnhof.

Dann hast du nie in der Schule den Flimmerfilm von der Stadtmaus und der Feldmaus gesehen? Wir durften einmal pro Woche in den Keller, sozusagen zur Belohnung, da kam der immer wieder mal.

Jobst lehnt sich zurück. Der Andere sieht ihn ausdruckslos an.

Filme in meiner Schule? In der Baracke waren die Fenster nicht zu verdunkeln, das Schulgebäude nebenan eine Ruine. Verstehst du?

Dann starrt er wieder auf die Tanzfläche. Auf die Posaune folgt der Schmächtige am Tenorsaxophon. Die Paare lösen sich, klatschen, dazwischen Pfiffe. Der Andere schnippt wieder mit den Fingern. Auf der Tanzfläche schmiegen sich Köpfe aneinander. Füße schleifen über Betonboden – Stehblues. Der Andere gibt das Schnippen auf, beugt sich über den Tisch.

Stadtmaus und Feldmaus hast du gesagt? Er lacht. *Du, irgendwann bei der Jungschar. Der Film ist dauernd gerissen. Der Kerl am Projektor bekam's einfach nicht hin!* - Er drückt die Zigarette aus. - *War mir aber irgendwie egal. Ich kannte ja die Story* – er lacht wieder – *aus dem Religions-Unterricht.*

Und? Wer wolltest du sein?

Lieber die Stadtmaus, weil die aus dem Vollen lebt.

Er lehnt sich zurück. - *Bei uns zu Hause gab's damals nix in der Vorratskammer. Zeit der Lebensmittelkarten, die Leute standen vor den Läden Schlange – solltest du doch wissen!*

Dann schnippt er erneut, steht schließlich auf und winkt energisch.

Von der Tanzfläche wippt ein zierliches Mädchen auf Stöckelabsätzen daher: dunkler Pferdeschwanz, anliegender schwarzer Pullover, heller Tulpenrock – Figur! - lässt sich auf den freien Stuhl am Tisch fallen, greift nach der Gauloise-Packung. Der Andere knipst am Feuerzeug rum und hält es ihr schließlich hin. Das Mädchen bläst den Rauch in die wabernden Dauerschwaden unter der nackten Glühbirne.

Doris, mein Mäuschen, du möchtest sicher die Feldmaus sein. Oder?

Die blickt irritiert auf die Glut der Zigarette, prustet dann in die Faust, lacht schallend, bricht ab und schaut verwundert von Jobst zum Anderen.

Leute, ihr habt Themen! – sächselt - *und in der HO gibt's Bananen.*

Nun sag's schon! beharrt der Andere.

Ja, unbedingt die Feldmaus! haucht sie nach dem nächsten Zug.

Das ahnte ich, sagt der Andere und legt den Arm um sie. Sie nimmt einen Schluck aus seinem Whisky-Glas, verschluckt sich, hustet und hält den Handrücken vor den Mund. Der Andere klopft ihr auf den Rücken.

Lieber eine Feldmaus bei Körnern und Eicheln, als Zahntechnikerin werden, presst sie unter der Wucht seiner gutgemeinten Schläge hervor.

Wieso? Jobst begreift den Zusammenhang nicht.

Der Hustenanfall ist vorüber. Die zierliche Kleine sieht sich um, als befürchte sie unerwünschte Mithörer, spricht so leise, dass die Musik sie übertönt. Jobst und der Andere beugen sich vor.

Der Laden, bei dem ich vor vier Monaten angefangen habe, besteht aus dem Chef und einem älteren Zahntechniker, dem Chef hörig und ledig, sowie uns drei Lehrlingen. Könnt ihr euch vorstellen, was das bedeutet?

Sie zieht an der Zigarette, schnippt Asche auf den Boden.

Jede schaut nach der anderen! Übernommen wird nach der Lehre nur eine. Du fragst nicht viel und kapierst besser gleich, sonst stehst du nutzlos rum und bekommst den Besen in die Hand gedrückt! Eine von uns hat sowieso wöchentlich Putzdienst fürs Grobe, und von den beiden Alten wird die Zeit registriert, die du über einem Werkstück sitzt. An jedem Pfennig wird gespart.

Das bedeutet? fragt Jobst.

Sie spielt am Pferdeschwanz, schlägt ihn ruckartig zur Seite und schüttelt den Kopf, als würde ihr zum ersten Mal klar, in welche Falle sie dort gelaufen ist.

Wenn du fertig bist, an Arbeitsplatz und Geräten den Metallstaub mit dem Pinsel in gebrauchte Briefkuverts streichst, lässt man dich vielleicht im Moment in Ruhe. Die Umschläge kommen in einen Karteikasten. Der Boss ist mit dir zufrieden und trennt später den Goldstaub vom Rest.

Doris, das geht? fragt der Andere erstaunt.

Wie er das macht, siehst du nicht. Könnte ja sein, dass du's in einer ruhigen Stunde, wenn er ausliefert, selbst versuchst. . . Vielleicht zeigen sie uns das gelegentlich in der Berufsschule.

Das Mädchen drückt die Zigarette aus.

Eigentlich mehr Angstmache als Kontrolle! Wer würde dir das Zeug schon abnehmen? Erst der Mix mit Goldabfällen bringt Kohle.

Sie schiebt den Aschenbecher zur Tischmitte.

Die werden sowieso unter Aufsicht in Schalen gesammelt und im Tresor verschlossen. Aber der Goldstaub von einem Monat oder Vierteljahr bringt eben auch Gewicht. . . . Hallo, ihr Bücherwürmer! Könnt ihr euch nicht vorstellen, gell?

Die Combo hat abgebaut. Einer hämmert Ragtime-Melodien auf dem Klavier. Der Andere steht auf, zieht die Jacke gerade. *Komm jetzt Doris, wir gehen! Morgen schreib' ich Klausur.*

Jobst schlürft den Rest des Whiskys, schaut ihnen nach. Auf der Treppe schwenkt Doris den Hintern zum Ragtime-Rhythmus, ohne Eile!

Herbst 1961 - und Jobst war vor kurzem neunzehn geworden. In Berlin stand seit zwei Monaten die Mauer, im Frühjahr für ihn das Abi an. Die Musterung war in seinem Sinn positiv verlaufen: Tauglichkeitsgrad vier – für den Wehrdienst vorerst nicht geeignet.

Regen! Die Straße riecht nach nassem Pflaster und abgefallenem Laub. Ein Hauch von Winter liegt in der Luft, kühlt die Nasenschleimhäute. Nach dem Mief aus Zigarettenqualm, Schweiß und Deodorant im Jazzkeller tut die Frische gut. Böiger Wind treibt den feinen Regen ins Licht der Straßenbeleuchtung, ein Vorhang aus schillernden Wassertropfen. Jobst schlägt den Kragen seiner Lodenjacke hoch, letzte Weihnachten ein Geschenk der Mutter. Ausgerechnet Loden!

Leere Straßen, in der Stille das Geräusch seiner Schritte und das leise Rascheln der Tropfen am Gesträuch der Vorgärten, ab und zu Licht in einem Fenster. Entfernt bellt ein Hund. Der vertraute Weg durch das nächtliche Viertel.

Doris geht ihm nicht aus den Kopf: In Gedanken hält er sie an der Hand, begleitet das quirlige Mädchen nach Hause. Unentwegt redet sie, redet und redet, mal über die Arbeit, mal erzählt sie von ihrer Katze.

Ihr fragender Blick hoch zu ihm - hört er überhaupt zu?

Bis zu dieser kleinen Selbstkritik reicht seine Fantasie. Ihr Bild verschwimmt in Regenschleiern. Jobst wechselt die Straßenseite. Auf dem Trottoir neben einer Mülltonne ein angefaulter Apfel, er kickt ihn über die Straße. Der Apfel schleudert in den Rinnstein, wo er zerplatzt. Hinter ihm schlägt eine Autotür zu, der Motor springt an, Scheinwerferlicht gleitet vorbei.

Halblaut spricht er vor sich hin. Sätze, abgefallen wie das herbstliche Laub: vom Tunnel seiner Abhängigkeiten, von der Sturheit des Vaters, vom Anderen, der weiter ist und morgen Klausur schreibt. Im gleichen Moment taucht wieder Doris auf, am Arbeitsplatz auf dem Hocker, unausgeschlafen, dann der Andere. Der hat den Kopf über dem Unterarm auf die Tischplatte im Seminarraum gelegt, neben sich das Aufgabenblatt der Klausur.

Am Ende der Straße das Haus der Eltern. Im Küchenfenster erlischt schwaches Licht. Er verharrt vor dem Tor. Dem Vater möchte er jetzt nicht begegnen. Gleich wird der das Fahrrad aus dem Schuppen schieben. Behutsam öffnet Jobst das Gartentor, schleicht über die Sandsteinplatten um das Haus. An die Hauswand gelehnt wartet er, bis Papas knirschende Schritte über Kies zu hören sind, dann das Zuziehen der Tür zur Straße.

Er öffnet die Haustür und schließt sie geräuschlos hinter sich. Die Mutter wird ihn um halb sieben wecken und sagen, dass sie ihn auf der Stiege zu seinem Zimmer gehört hat. Für sie selbstverständlich, dass er zur ersten Stunde in der Schule ist, für ihn das letzte Jahr in Gefangenschaft hinter Gitterstäben aus mathematischen Formeln, Sätzen der Physik und grammatikalischen Strukturen.

Erste Stunde Englisch. Auf Englisch könnte er ohne Nachteil verzichten, die Mutter nach Aspirin fragen und erst nach dem Kunstunterricht in der Schule auftauchen. Akademie-Professor Schoeller führt bestimmt Lichtbilder vor. Eine Doppelstunde, erst Kunstgeschichte, darauf Sachzeichnen: Kuben, Zylinder, Pyramiden im Schattenwurf. Seit Schuljahresbeginn hilft Schoeller aus; im vergangenen Jahr fand kein Kunst-Unterricht statt. Gewöhnlich kontrolliert er die Anwesenheit nicht, denn vor der Stunde lässt er die Verdunkelung herab und stellt die Dia-Kästen auf dem Projektionstisch bereit. Der Apparat fasst nur zwei Dia-Rahmen gleichzeitig, so sortiert der Kunstpädagoge im Schummerlicht einer im Sekretariat ausgeliehen Schreibtischlampe vor.

Am Abendbrottisch wird das Aufrechnen seiner Nachlässigkeiten einsetzen, das weiß Jobst. Gegenüber dem Vater kann die Mutter nicht schweigen und sie wird ihm mehr oder weniger diplomatisch vermittelt haben, wann der Sohn in der Nacht gekommen ist. Papa würde nachfragen, dann wütend mit der Hand auf den Tisch schlagen und wortlos aufstehen. Er hat es längst aufgegeben, ihn auf seine Zukunft anzusprechen.

Die Mutter tut Jobst leid. Sie sieht ihn schon als Medizinstudenten im Wichs einer Verbindung. Die Frau aus kleinen Verhältnissen, so bezeichnet sie sich selbst, wünscht sich für den Sohn eine bessere Zukunft.

Mit Verbindungen hat Jobst nichts am Hut; er kann die Typen urdeutscher Gesinnung, die Bier aus Humpen trinken und Lieder grölen, nicht ausstehen. In der Parallelstraße, über den Garten hinweg, das Haus einer Verbindung mit Fahnenmast. An Pfingsten Stiftungsfest und die Straße zugeparkt. In der Nacht saufen Ehemalige lautstark um die Wette und kotzen über die Terrassenbrüstung. Am Tag darauf Alte Herren mit Schmissen im Gesicht und Band über der Weste beim Pflichtspaziergang zum Ausdünsten an den Armen der Jungen.

Und Medizin? – An Leichen schnippeln – zum Ekeln!

Jobst hat andere Interessen: Sprachen, Literatur und vor allem das Klavierspiel. Zur Zeit liest er die Dramen Sartres im Original, in den Dialogen verständlicher als in seinen theoretischen Essays. Camus erscheint ihm nicht so abgehoben. Bis jetzt hat er aber nur ein Buch von ihm gelesen, *La peste,* und das auch nur, weil die Französisch-Lehrerin Auszüge im Unterricht behandelt hat. Grausam, aber eindrücklich dargestellt der Überlebenskampf in einer geschlossenen Stadt mit krepierenden Ratten auf den Straße; am frühen Morgen ununterbrochenes Klappern hölzerner Karren über das Pflaster. Ihre Last - Särge mit den in der Nacht Verstorbenen. Als Tote passieren sie das Stadttor, Lebende weist man brutal zurück.

Beo, sein Hund, hat auf ihn gewartet und die Mutter im Halbschlaf auf das Knarren der Stiege. Sein Zimmer ist das unter dem westlichen Spitzgiebel des anderthalbstöckigen Baus aus den zwanziger Jahren. Ein Professorenhaus, wie man hier sagt. Ende der Dreißiger war es günstig zu bekommen, nur etwas weit weg vom Betrieb. Die Vorbesitzer sollen nette Leute gewesen sein, meinten die Nachbarn, und er nun Professor an einer berühmten Universität in den Staaten. Sie, die Teinhards, können doch nichts dazu, dass die Nazis die Juden verfolgt haben. Vater war nicht in der Partei – die Eltern sind kirchentreue Katholiken. In Distanz zu den damaligen Verhältnissen haben sie Herrn Jo im Haus beschäftigt, sogar versteckt, wenn man's recht bedenkt. Nein, Familie Teinhard braucht sich nichts vorzuwerfen.

Jobst löscht das Licht der Nachttischlampe.

Jobst II

Frühjahr 1962

Das Abitur war bestanden, mit einer Fünf in Mathematik. Den Ausgleich erbrachte Französisch. Auch eine Folge seiner häufigen Besuche des französischen Armee-Kinos. In Filmen wird gesprochen, wie sich Menschen unterschiedlicher Milieus in ihrer Muttersprache ausdrücken. Das Kino war zwar Armee-Angehörigen vorbehalten, verwehrte jedoch Deutschen den Zutritt nicht, sofern sie ein Franzose mit Dienstausweis durch die Wache begleitete.

Die französische Kaserne, zollfreies Gebiet, zog junge Leute aus der Bildungsschicht mit Faible für frankophile Lebensform an. Sprachkenntnisse ermöglichten es ihnen, Kontakte zu jungen Armee-Angehörigen herzustellen, in der Regel mit Rekruten aus vergleichbarem sozialen Milieu. Man nahm die deutschen Bekannten mit ins Restaurant, zum Kiosk und eben auch ins Kino der Kaserne.

Ohne das Tolerieren auf französischer Seite wäre das nicht möglich gewesen.

Jobst lernte dort Claude und Bernadette kennen. Die Geschwister berieten vor dem Kiosk, was mit minimalen Deutsch-Kenntnissen am Abend in der Stadt zu unternehmen sei. Er bekam das mit und schlug den Club im Jazzkeller vor. Man verteilte Zigaretten und Crémant auf drei Personen, wechselte ohne Nachfrage des Wachhabenden das Territorium und begab sich gemeinsam auf den Weg: Claude, der Soldat in Zivil und die hübsche Bernadette aus Nantes. Einlogiert bei einer befreundeten Familie der Eltern und leider nur noch die nächste Woche in der Stadt. In einem zeitlosen Bubikopf-Schnitt umrahmte welliges braunes Haar in rötlichem Schimmer Bernadettes mädchenhaftes Gesicht. Ihr verträumter Blick aus großen braunen Augen traf Jobsts Seele mit einer Macht, die seine Fantasie bewegte - eine, die nach Nähe strebte.

Bei dem Wunsch sollte es bleiben! Statt Live-Jazz zum Tanzen kam an diesem Abend die Musik vom Band. Die bestimmte einer, der sich wohl für einen Apostel neuer Klänge hielt. *Free Jazz*, allenfalls geeignet für berührungsloses Tanzen. Die Solisten schienen jeder melodischen Linie auszuweichen und Ihre Soli verfolgten offenbar nur eine Absicht: möglichst bizarre Klangfiguren als Ausdruck totaler Freiheit zu erzeugen, eingestreut die den Instrumenten entlockten Geräuscheffekte, denen man gar die Absicht unterstellen konnte, jede Erkennbarkeit eines Arrangements bis zur Unkenntlichkeit zu verfremden.

An sich für Jobst eine Herausforderung, doch für die meisten Anwesenden – auch für das Geschwisterpaar aus Frankreich – eine grauenvolle Vorstellung, über Stunden diesem Höllenlärm ausgesetzt zu sein. Man verständigte sich lautstark – ein Hinausbrüllen von Satzfetzen - und erwartete nach jedem Titel eine Änderung des Programms. Für den Kerl am Regler gehörte offenbar das Stimmengewirr im Sinne von *Free-Art* zu einem Gesamtkunstwerk. Der zog die Lautstärke bis zur Schmerzgrenze hoch, um sie anschließend im Flüsterton agieren zu lassen. Einige wenige verbogen sich auf der Tanzfläche zu dissonanten Schallwellen, mehrheitlich Anti- Eisprinzessinnen in Posen der Selbstdarstellung.

Endlich draußen, kam an frischer Luft Appetit auf. Jobsts schmales Budget, der Sold eines Wehrpflichtigen und das Taschengeld einer Siebzehnjährigen erwiesen sich als zu knapp bemessen für einen Restaurantbesuch. So kam Jobst auf die Idee, zuhause nachzusehen, was sich zum kostenfreien Verzehr eigne. Allerdings lag das Haus am südlichen Stadtrand, die Kaserne in einem Vorort, von dort über einen Hügel zu erreichen. Im Ganzen ziemlich weit zu Fuß und ein wenig anstrengend im Anstieg. Am Wochenende – es war ein Samstag – hatte Claude bis Mitternacht die Wache zu passieren. Bernadette sollte von den Gasteltern mit dem Auto an der Kaserne abgeholt werden, so war das abgesprochen.

Mit Baguettes und dem Crémant, je einer Dose Landleberwurst und Blutwurst zogen sie die gewundene Straße hinauf, hinter sich die Lichter der Stadt, um sich in spärlicher Straßenbeleuchtung die Schatten hoher Bäume des Villenviertels in Hanglage. An der Wegekreuzung auf der Anhöhe angelangt, fand sich eine Bank. Die Blicke schweiften über die nächtliche Rheinebene, im Tal vor ihnen die Kaserne - und das beruhigte. Vorerst, denn fette Wurst und dazu der billige Crémant aus Pappbechern, ein süßlich schmeckendes Zeug, führten bei Bernadette zu Übelkeit. Sie übergab sich, glücklicherweise in der Nähe eines Brunnens. Das Mädchen hing danach schlaff auf der Bank, und so war nicht abzusehen, wann sie weiter konnte. Jobst riet Claude, sich unverzüglich auf den Weg zu machen, um rechtzeitig an der Wache zu sein. Träfe er auf die Gasteltern, könne er sie verständigen. Er käme mit Bernadette nach, sobald sie dazu in der Lage sei.

Eine gute Stunde später erreichten beide, die zierliche Bernadette am Arm des langen Jobst, den Platz vor dem Kasernentor. Claude hatte bereits die Wache passiert. Die Gasteltern hakten das kreidebleiche Mädchen unter und brachten es zum Auto.

Ab da trafen sich Jobst und Claude, wenn dessen Dienstplan das erlaubte. Es entstand Vertrautheit, ja fast Freundschaft, auf Seiten Jobsts bewegt von der Hoffnung, ein Zeichen von Bernadette zu erhalten.

War Jobsts Schwester übers Wochenende gekommen, unternahmen sie Touren mit ihrem Käfer. Annette mochte den freundlichen Burschen, der so charmant im Klang seines französischen Idioms in brüchigem Deutsch plapperte. Das wäre gar nicht nötig gewesen. Sie verstand recht gut Französisch, allerdings fehlte es ihr an Übung im Sprechen. Neben Jobst, der so selbstverständlich daherparlierte, blieb sie gehemmt und konzentrierte sich aufs Fahren.

So lernte Claude außer Truppenübungsplätzen und Landstraßen von der Pritsche der Transportfahrzeuge aus den äußersten Südwesten Deutschlands kennen und trug sich mit dem Gedanken, Germanistik zu studieren. Dann wurde seine Einheit nach Frankreich abgezogen. Jobst schrieb sich an der Universität für das Lehramt-Studium ein: Französisch, mit Musik als zweitem Fach.

Von Bernadette hörte Jobst nichts.

*

Die Kubakrise im Oktober 1962 warf ihren Schatten auf das Wintersemester, ebenso die Spiegel-Affäre. An der Uni bildeten sich Initiativgruppen, die in Sonderveranstaltungen informierten, soweit die Fakten in die Öffentlichkeit gelangt waren. Von der Studentenschaft noch zurückhaltend angenommen; aus zeitlichem Abstand betrachtet erste Schritte zu deren Selbst-Politisierung, insbesondere nach der Spiegel-Affäre.

Das alles strich an Jobst, dem Erstsemester, vorbei. Er belegte Einführungsvorlesungen und Seminare, koordinierte seinen Stundenplan an der Uni mit dem der Musikhochschule, wechselte von Institut zu Institut und nahm in jenen Tagen kaum Notiz von der Schieflage der

Welt. Zuhause saßen übermüdete Eltern am Abendbrottisch, ein Fernsehgerät gab es nicht – wozu auch? Ohnehin lief das Kofferradio in der Backstube die meiste Zeit.
Die Tageszeitung? Selbstverständlich bezog man sie,
überschlug die ersten Seiten und überflog Lokales und
Anzeigen. Sonntags, nach dem Mittagessen, zog sich der
Vater mit der Wochenendausgabe zurück und schlief mit
der Zeitung über dem Gesicht auf dem Sofa im Wohnzimmer ein.

Intermezzo 1

ANKUNFT / ARRIVÉE / ARRIVO - Flughafen Zürich,
eine halbe Stunde bis zum Eintreffen der Maschine aus
Rom – ein Tag im August 1964.

Ob er Sybille erkennt? Sie ihn? Wird sie noch das lange dunkle Haar in einem Zopf über der Schulter tragen?
Für alle Fälle habe sie einen roten Schal umgelegt, hat sie
mitgeteilt.

Anfang der Woche kam der Brief an seine alte Anschrift. Sybille van Beek, nun Signora Previ, kannte keine
andere. Jobst wohnt mittlerweile in der Innenstadt. Nach
vier Semestern war das Zusammenleben im Professorenhaus weder für ihn noch für die Eltern länger erträglich -
seine unsteten Tagesabläufe und zwischendurch das
Üben!

Die Zeit reicht für einen Kaffee. Die Mutter hat ihm
Franken zugesteckt.

Wie wird er Sybille ansprechen?

Mit Vornamen und per Sie!

Selbstverständlich duzte ihn seine Klavierlehrerin, die vierzehn Jahre Ältere, bis zum Schluss, nachdem er den Unterricht bei ihr wieder aufgenommen hatte. Auf Druck der Eltern musste er die Klavierstunden vor Wiederholung der zehnten Klasse aufgeben. Der Wechsel von der Waldorfschule zum Gymnasium verlange von ihm Konzentration auf das Wesentliche, meinten sie.

Ein Jahr später, nachdem er es in die elfte Klasse geschafft hatte, setzte er den Klavierunterricht bei Fräulein van Beek gegen den Willen des Vaters fort. Der weigerte sich, die Stunden zu bezahlen und schlug ihm Arbeit vor. So blieb Jobst nur die Möglichkeit, das Geld im elterlichen Betrieb zu verdienen. Um sechs in der Früh trat er an: Regale im Laden bestücken, am Buffet aushelfen, Schmutzgeschirr der Frühstücksgäste vorspülen und anschließend zur Schule.

Nach vierzehn Monaten beendete er seine Tätigkeit unter Vaters kritischen Blicken. Sybille van Beek war nach Rom verzogen, angeblich der Chancen wegen in dieser Metropole des Musiklebens. Das sagte sie und sie sagte auch, dass sie in Rom wahrscheinlich heiraten werde, je nachdem wie sich ihre Beziehung zu einem Nachwuchs-Star der Oper entwickle – Bariton und sehr italienisch männlich! Das betonte sie, möglicherweise um sich Abstand zu verschaffen von der schwärmerischen Zuneigung eines Jünglings.

Nachwuchsstar der Oper? Sybille hatte ihn anlässlich der Weihnachtsfeier des Hotelier-Verbandes in einem Schwarzwald-Kurort als Klavierbegleiterin kennengelernt. Sowohl er als auch sie standen auf der Liste einer regionalen Künstleragentur. Über die wahre Leistungsfähigkeit der zu vermarktenden Künstler sagte das wenig aus, eher etwas über ihre Verfügbarkeit zu günstigen Gagen.

Und nun teilte ihm eine Sybilla Previ mit, dass sie in Trennung lebe und beschlossen habe, nach Deutschland zurückzukehren. Weshalb kam sie auch ausgerechnet auf ihn, den unitalienischen Jüngling? Das fragte sich Jobst.

Wohnen werde sie bei einem Verwandten, schrieb sie, der ans Bett gebunden sei. Daher ihre Bitte, sie am Flughafen in Zürich abzuholen. Sie habe umfangreiches Gepäck, des Wohnortwechsels wegen. Und er möge ihr glauben, dass sie nicht bei irgendeinem Menschen nachfrage. Seine Zuverlässigkeit habe sie schon immer geschätzt. Für die Reisekosten würde sie aufkommen.

Wie Dutzend andere schlendert er durch die Halle und gibt sich gelassen. Die Durchsage der ankommenden Maschinen, die Ansagen der startenden erfolgen in Minutenabständen, für ihn Lautsprechergeräusche. Die Maschine aus Rom soll planmäßig landen. Jobst beobachtet das Treiben um sich. Stewardessen in taillierten Uniform-Kostümen stöckeln eilig durch bewachte Passagen. In der gleichen Selbstverständlichkeit der Zugelassenen, Männer in Overalls - das technische Personal. Schließlich kleine Gruppen von Herren, locker in den Hüften und entspannt freundlich im Gespräch, mit einem bis zu drei goldenen Streifen an den Ärmeln – die Hauptdarsteller: Piloten!

Das Nuscheln aus Lautsprechern verliert sich im Geräuschpegel der Halle, das verschleifende Wiederholen der Informationen in drei weiteren Sprachen ist wenig hilfreich. Jobst schaut zur Anzeigentafel. Die Durchsagen sind längst verwischte Wahrnehmung. Der Flug von Rom ist nach oben gerückt. Davor blinkt ein grünes Licht, auch vor zwei weiteren Flügen. Welche Maschine wird zuerst aufsetzen? Er irrt durch die Halle, läuft vor Füße, stolpert über Taschen. Das alles, um der Stelle möglichst nahe zu sein, aus der die Lautsprecherstimme kommt.

Das Flair eines internationalen Flughafens.

Jobst hat noch nie jemanden von einem Flughafen abgeholt oder war gar selbst Passagier, weiß nichts von Warteschleifen und kann die Zeit nicht abschätzen, die vom Besteigen eines Vorfeldbusses bis zum Erscheinen der Koffer und Reisetaschen auf dem Gepäckband vergeht. Davor die Einreiseschalter und danach der Zoll. - Jedenfalls Wartezeit!

In Abständen wälzen sich Pulks von Angekommenen aus dem Portal. Sie schieben Karren mit Gepäck, tragen Mäntel und Jacken über dem Arm, führen Kinder an der Hand. Wartende winken, rufen *hier, ici, allora qui!* und täuschen sich bisweilen: Passagiere der Maschinen aus Athen und London und nicht aus Rom. Ihn überkommt die Angst, Sybille übersehen zu haben. Er wechselt erneut den Standort, lauert näher am Portal. *Hallo Jobst!* vernimmt er plötzlich neben sich, verhalten, doch bestimmt. Er zuckt zusammen und starrt auf einen hellroten Schal.

Ja, Fräulein van Beek, wo kommen Sie denn her?

Eine sinnfreie Frage in unzutreffender Anrede, auf die sie schlicht entgegnet: *Für dich ab jetzt Sybille!* Dann schüttelt sie die Arme wie ein Kraulschwimmer vor dem Start. *O Gott! Ich bin noch immer völlig steif. Der Flieger war unglaublich voll. Ich saß zwischen zwei Dicken und konnte mich kaum bewegen.* Sie weist auf den Kofferwagen hinter sich. *Könntest du ihn bitte zum Taxi schieben?* Keine Frage, dass er das tut. Der Weg zum Taxenstand taugt nur zu Blicken aus Augenwinkeln, zum Small-Talk über Flugwetter und Landeanflug.

Unter mir der Bodensee, sagt Sybille.

Jobst nickt, als hätte er nichts anderes erwartet.

Dann sitzen sie im Taxi zum Bahnhof.

Etwa drei Stunden Zugfahrt inklusive Umsteigen in Basel nach Freiburg, sinnigerweise auf den D-Zug Milano - Hamburg und nun reichlich Zeit, das Du zu üben. Sybille streckt die Beine, verschränkt die Arme im Nacken. Er sitzt ihr gegenüber, macht ihren Beinen Platz, ihren aufreizend gut geformten Beinen. Beine, die vormals die Klaviatur verdeckte. Palaver über sein augenblickliches Treiben, Musikstudium mit *aha* kommentiert und kein verbindlicher Satz über ihre Situation, außer des Hinweises, der bettlägerige Onkel, ein Bruder ihrer Großmutter mütterlicherseits, wohne in einem recht stattlichen Haus in seinem, Jobsts Viertel.

Im Taxi vom Bahnhof weg die Frage nach seiner Telefonnummer. Er hat keinen Telefonanschluss in der Bude. Dann Schweigen! Die Strecke ist kurz, viel kürzer als die in Zürich. Sybille lässt anhalten, der Taxifahrer trägt die Koffer vor die Tür, sie bezahlt. Das Haus ist tatsächlich stattlich.

Kein weiteres Wort! Jobst geht zur Tramhaltestelle. Sybille winkt.

*

An einem Februartag, auf dem Weg zu den Eltern, hält eine dunkle Limousine neben ihm, am Steuer Sybille. Sie beugt sich zur Beifahrertür und entriegelt. *Steig ein! Wir schauen vorher beim Onkel vorbei, liegt ja auf der Strecke. Im Kofferraum ist ein Korb mit Lebensmitteln. Hast du so viel Zeit?*

Jobst nickt und steigt ein.

Sybille hat nichts anderes erwartet und lenkt den Wagen auf die Zufahrt zum Haus des Onkels, hält vor der Tür, steigt aus. Jobst wuchtet den Korb aus dem Kofferraum. Lebensmittel für Wochen! Vorwiegend Dosen. Sybille wartet an der Haustür und lässt ihn mit der Fracht passieren.

Stell' den Korb einfach auf dem Boden ab! Ich kümmere mich später um ihn. Muss rasch zum Onkel hinauf!

Jobst schaut sich um: Eine Art Empfangshalle im matten Licht des Glasdaches. Der Raum ist weit und hoch, der Boden bräunlich gekachelt mit blau-ornamentaler Einfassung. In der Mitte der Halle ein aufgeschlagener Flügel – beeindruckend!

Umlaufend Balustraden auf zwei Etagen, Zimmertüren. An der Seite eine Treppe in Eisenkonstruktion, feinteilige Schmiedearbeit. Wandseitig die Trageschiene eines Sitzaufzugs, die endet auf der ersten Etage vor der Tür des nächstgelegenen Zimmers, darin dumpfe Stimmen. Sybille kommt aus dem Zimmer, beugt sich über das Geländer.

Bin gleich bei dir! Muss dem Onkel nur noch Mineralwasser richten.

Im Auto erfährt Jobst, der alleinstehende Onkel sei nach einem Schlaganfall halbseitig gelähmt. Morgens und abends komme der Pflegedienst, zweimal pro Woche die Krankengymnastin und einmal der Hausarzt. Sie sei Ansprechpartnerin, Haushälterin, Vermittlerin zur Umwelt – inzwischen Routine für sie. Nur kochen könne sie nicht, deshalb die Dosen.

Früher hat man Gesellschaftsdame zu meiner Funktion gesagt. Was soll ich sonst tun? Ich habe nichts anderes als Klavierspielen gelernt, und im Augenblick hilft mir der Job über die Runden.

Das klang nicht zuversichtlich.

Danach über Wochen kein Zeichen von ihr, kein zufälliges Aufeinandertreffen – nichts. Jobst wartet noch immer auf den zugesagten Ausgleich seiner Reisekosten.

Doris

Herbst 1964

Er hatte sie vor mehr als drei Jahren im Jazzkeller kennengelernt, das zierliche Mädchen in Begleitung des Anderen. Jobst, zurückhaltend bis schüchtern, fand bisher keinen Weg, sich einer jungen Dame zu nähern und redete sich ein, ihm entspreche eher eine Ältere und dachte an seine Klavierlehrerin. Doris durchbrach die Sperre unbewusst. Sie saß beim *GM-Markt* an der Kasse. Ob sie sich an ihn erinnere? Den jungen Mann, der sie auf den Jazzkeller-Besuch ansprach, wird sie instinktiv als einen Suchenden wahrgenommen haben. Für sie eine flüchtige Bestätigung ihrer Weiblichkeit, für Jobst das Wiedererkennen des Prototyps seiner Wünsche. Immerhin ließ die sich von ihm zu einem Fest in der Mensa einladen – Start ins Wintersemester!

Tanzen hatte er nie gelernt, das spielte auch keine Rolle. Im großen Saal oben eine Big-Band mit Latino- und Foxtrott-Rhythmen für Könner und für solche mit Spaß am Wiederbeleben der Tanzschulstandards, im Souterrain eine Vierer-Combo in schummriger Beleuchtung, bestehend aus Piano, Saxophon, Bass und Drums. In der Enge schwangen, zuckten Körper zu Jazz-Rhythmen.

Doris klammerte sich an seine Schultern, Jobsts Hände hielten ihren Rücken. Den warmen Atem des zierlichen Mädchens an seiner Brust, in der Nase den Duft ihres Haars, vergaß er die Zurückhaltung und küsste Doris auf die Stirn. Sie rückte enger an ihn, nahm den Kopf zurück und bot ihm ihre Lippen.

Von da an holte er sie täglich nach Ladenschluss ab.

*

Das Testat zum Nachweis des Grundstudiums in *Französische Literatur des 19. Jahrhunderts* war ihm Ende des Wintersemesters nicht erteilt worden – ein Mangelhaft in der Abschlussklausur. Jobst hatte sich inhaltlich fast ausschließlich mit den Gedichten *Verlaines* befasst und die Liste der stilprägenden Autoren des Jahrhunderts allenfalls in Stichworten abgearbeitet, eben mit Ausnahme von *Verlaine*. Der galt ihm als Schöpfer einer Dichtkunst, die sich nicht an überkommene Regeln hielt, gesellschaftliche Wirklichkeiten ignorierte, auch sonst nicht rationalisierbar ist – so seine Ausführungen. Für Jobst war Verlaines Standpunkt, der Vers solle Musik sein, eine Harmonie von Tönen, ein flüchtiger Rausch, so etwas wie eine Grundsatzerklärung zum Wesen der Kunst. Ein Klangbild anstelle von Formentreue! Das entsprach ihm, der im Musizieren nach ästhetischem Ausdruck seiner Seele strebte.

Für einen künftigen Französischlehrer zu wenig!

Jobst zweifelte am Sinn seines Sprachen-Studiums.

Es mag nicht verwundern, dass er in der Stimmung aus Zweifel und Streben nach harmonischen Erfahrungen, Doris für einen Engel hielt, der die Dunkelheit um ihn vertrieb und ihn hineinzog in die Kunst des Liebens. Und das tat sie nicht ungeschickt, ob im Wissen um seinen Seelenzustand, das sei dahingestellt, doch überzeugt von ihrer positiven Wirkung auf ihn. Er himmelte sie an, schrieb und vertonte Gedichte, trug sie ihr am Klavier vor – im Stil eines Verliebten zur Zeit der Romantik. Doris bewunderte Jobst und ließ zu, was er sich von ihr wünschte.

Das Klavier hatte er auf einem Fahrradanhänger aus dem Haus der Eltern zu seiner Bude in der Altstadt transportiert und es mit gutmütigen Nachbarn über die Stufen im Hauseingang in das Parterre-Zimmer, dem Nebenraum einer aufgegebenen Drogerie, gewuchtet. In schwarzem Lack ein Fremdkörper zwischen der zusammengetragenen Möblierung seiner engen Bude. Aber ein Tag ohne Klavier war für Jobst nicht vorstellbar!

Doris, die ihre Lehre zur Zahntechnikerin aufgegeben hatte, stand einer Gruppe von jungen Leuten nahe, die wie sie nach Befreiung aus bürgerlicher Enge strebten. Gestrauchelte Studenten und Schüler, Lehrlinge, junge Angestellte – alle mehr oder weniger deutlich den Zwängen einer an hierarchischer Ordnung und am Erfolg orientierten Gesellschaft abgeneigt. Eine Schicksalsgemeinschaft nach abgebrochenen Bildungsgängen, auch aus misslichen Familienverhältnissen und daher mit ungenügenden Voraussetzungen in Bezug auf Ausbildung und

Zukunftserwartungen. Woher man sich kannte, war eigentlich belanglos. Jede Art von Jugendszene hat ihre Treffpunkte und entwickelt ein auf sich bezogenes Gemeinschaftsgefühl, das zur Förderung der Gruppenidentität das Andersartige als Gegenüber braucht.

Auf Partei- oder Gewerkschaftsmitgliedschaft waren die jungen Leute nicht anzusprechen. Diesen *Gesinnungsorganisationen* zogen sie spontane Aktionen vor. Politik spielte zudem nicht die Hauptrolle, das merkten sie nur nicht, denn für sie war alles politisch, was um sie herum geschah. Wichtiger als das unbeirrte Verfolgen übergeordneter Ziele war ihnen jedoch das Abreagieren ihres Frustes in geeigneten Momenten.

Doris schaffte es nur kurze Zeit, ausschließlich zwischen Supermarktkasse und Jobst zu pendeln: sie brauchte ihre gewohnte Clique. So kam es zum Zusammenstoß mit Corps-Studenten, sei es, dass Jobst aus der Gruppe heraus Mut beweisen wollte, um Doris zu imponieren, oder ihn seine tiefsitzende Abneigung gegen Burschenschaften antrieb. Die Clique um Doris hatte auf Karton provozierende Parolen gemalt:

Vater braun mit Schmiss - Sohn wird Jurist!

Burschenschaft – gesicherte Karriere mit Band!

Bierzipfel am Hosenbund statt im Kopf Verstand!

Primitiv, aber wirksam! Es kam zu Handgreiflichkeiten. Jobst und andere, die nicht rasch genug verschwinden konnten, gleich von welcher Seite, wurden zur Feststellung der Personalien vorläufig festgenommen und damit aktenkundig.

Immer öfter traf sich Doris mit ihren Leuten in seiner Bude, einem Ort, an dem man frei reden könne. Sogenannte und vermutete K-Gruppen fanden zunehmend die Beachtung amtlicher Lauscher. Das Empfinden, dazu gezählt zu werden, festigte die Gruppe. Jobsts Behausung wurde räumlicher Mittelpunkt. Auf dem Bücherboard lag *Das Kapital* von Karl Marx griffbereit. Man las bei Treffen ausgewählte Textabschnitte und fand die Zeit reif für einen Umschwung im Land. Der eskalierende Vietnamkrieg und der beginnende Protest dagegen lieferten das Hintergrundrauschen.

Die Bude stank nach Rauch und abgestandenem Bier. Jobst kam weder zum geregelten Studieren noch zum Üben. Die Liebe zu Doris verbrauchte sich in nächtlichen Diskussionsrunden. Im Grunde war er, der Sohn aus der Geborgenheit kleinbürgerlichen Milieus, unpolitisch und revolutionäre Gedankenspiele ihm, einem auf sich bezogenen Ästheten, fremd.

Zum Ende des Sommersemesters 1965 war ein Vorspiel seiner Klavierklasse vor einer Prüfungskommission angesetzt. Eigentlich wäre das Grundstudium Schulmusik mit dem Bestehen dieses Vorspiels abgeschlossen gewesen. - Doch er wollte mehr! Die Weiterführung des Instrumentalstudiums zum Solisten blieb sein eigentliches Ziel. Seiner Fähigkeiten war er sich sicher. Somit bestünde eine zweite Chance, falls mit dem Examen für den höheren Schuldienst etwas schief liefe. So dachte Jobst.

Das Semester endete für ihn im Desaster, und Doris kam nicht mehr regelmäßig. Der Abstand zwischen ihnen wuchs. Er interessierte sich nicht für ihre Situation am Arbeitsplatz, sie fragte nicht nach seinen Aufgaben und Verpflichtungen im Studium. Im Kern berührten sich ihre Interessen nur, wenn es unmittelbar um die Gestaltung der nächsten Stunden ging. Allmählich verklang ihre Begegnung in Langeweile. Jobst fühlte sich aufgegeben, ja verraten. Er gefiel sich mehr und mehr in der Rolle des Zurückgelassenen - melancholische Schwingungen eines versetzten Romantikers. Nach Harmonie in Musik und Poesie zu streben, das ging für ihn mit dem Alltäglichen nicht überein. Dort schwärmend, hier gefordert - ein Schatten, über den er nicht kam. Er blieb einer, der die Rolle des zur Seite Geschobenen erst schmerzlich fühlen musste, um sich im Ekel über Ignoranz und Egomanie der Anderen erheben zu dürfen. Alsdann empfand er sich in tröstlicher Übereinstimmung mit den von ihm bevorzugten Autoren des existentiellen Denkens.

*

Im September hatte Doris Urlaub. Abgesprochen war, zwei Wochen am Gardasee mit Zelt und Rucksack zu verbringen, ohne Festlegung auf einen bestimmten Ort. Doris kannte den Gardasee und hatte vorgeschlagen, in Torbole zu beginnen. Jobst nahm den Vorschlag eher hin, als sich an Vorbereitungen zu beteiligen. Fragte sie ihn nach Erledigung bestimmter Aufträge, sagte er *im Lauf der Woche*.

Am vorletzten August-Sonntag konfrontierte ihn Doris mit der Entscheidung, dass sie ohne ihn in Urlaub gehe. Ein Bekannter habe ihr vorgeschlagen, mit ihm nach Spanien zu fahren. Der habe einen VW-Bus, den kein Fahrplan binde und er, Jobst, bis zum heutigen Tag nichts für die gemeinsame Urlaubsreise getan. Sie müsse zur Arbeit und er lungere über den Tag.

Und die Gegenleistung? fragte er kühl.

Sein Gesicht blieb dabei ausdruckslos, weder von Überraschung noch Enttäuschung berührt. Daraufhin stopfte Doris die wenigen Dinge, die sie bei ihm gelassen hatte, in eine Tüte.

*

Was würde Doris mit dem Bekannten in Spanien erleben, ach, schon auf der Hinfahrt? Unterwegs übernachten sie auf Parkplätzen neben Tankstellen an der Route du Soleil, wälzen sich vermutlich nicht mit der Meute zur Mittelmeerküste, verlassen die Nord-Süd-Achse im Languedoc, genießen die klaren Nächte unter Sternen in der Abgeschiedenheit der Garrigue, leben von Baguettes, Käse und Rotwein. Die Reiseroute ist lang, ein betagter VW-Bus in der Spitze kaum schneller als 80 km/h, Zeit und Gelegenheit, die Landschaften mit der Seele aufzunehmen – und er, Jobst, streifte einsam durch seine Stadt!

Die Eifersucht verdrängte das Selbstmitleid: Jobst stellte sich vor, wie man in der Enge des alten Modells schläft, wie nahe man sich sozusagen automatisch kommt. Betteinbau oder ausgerollte Schaumstoffmatten zwischen den Radkästen, eine miefende Decke als Unterlage, gebrauchte Schlafsäcke mit Vergangenheit? - Hartnäckige Gedanken, die sich auf Spaziergängen nicht verscheuchen ließen, selbst nicht vom Schlaf. Wachte er nachts auf, so konnte es sein, dass er im Traum den beiden auf Badetüchern an einem Strand begegnet war, ihr im Bikini und ihm in karierten Shorts, noch nass vom Turteln in den Wellen. Da lag er in der Sonne, am gewölbten Bauch klebten ihm die Shorts bis auf die Schenkel seiner gespreizten Stachelbeine. Auch beim Lesen überfluteten ihn Wellen der Eifersucht - ja, sogar beim Umblättern der Noten.

Er erwartete das Läuten an der Haustür und stellte sich vor, Sybille käme über die Stufen. Er ginge mit ihr nach nebenan in die Eisdiele zu Antonio, eine in ihrer Nacktheit von Fliesen im Neonlicht und Italienkitsch an den Wänden kompromisslos unromantische Kneipe.

In dieser Umgebung würde er mit Sybille über die Szene lachen, wie Doris und ihr Begleiter auf der Suche nach einem Restaurant an der Straße am Kai in Streit geraten. Entweder sind ihr die Tische im Freien zu sehr dem Nachtwind vom Meer ausgesetzt oder ihm der Geruch nach altem Öl aus der Fritteuse im Inneren zu penetrant. Am Ende machen sie sich mit zwei Beuteln Erdnüssen schweigend kauend auf den Weg zum VW-Bus.

Doch Sybille schaute nicht vorbei.

Seine Klause verließ er nur, um das Nötigste zu besorgen. Gegen Mitternacht strich er durch abseits gelegene Altstadtgassen, schlug den Mantelkragen des alten Trenchcoats hoch. Das tat er in Anlehnung an James Dean auf dem Poster an seiner Zimmertür. Hohe, flirrende Klänge von Streichinstrumenten umschwirrten ihn, schemenhafte Erinnerungen an Musik aus dessen Filmen. Vor sich im Schein der Straßenbeleuchtung sein eigener Schatten, in äußerer Wesensähnlichkeit mit dem Idol seiner frühen Jugend. Das löste vom Bauch her eine melancholische Grundstimmung aus, die ihn umhüllte wie eine wärmende Decke.

Dann kehrte er um!

Jobsts Bude

Der dreitürige Spiegelschrank der Großeltern - das Bett, bestehend aus Matratze und Lattenrost auf sechs Ziegelsteinen - das schwarze Klavier, alt und des Stimmers bedürftig - ein Küchentisch unter einer geblümten Wachsdecke - vier Stühle, im Raum verteilt zur Ablage von Kleidung, Büchern und Notenheften, einer am Tisch - der Linoleumboden aus Drogeriezeiten: fleckig, eingerissen, stellenweise abgetreten. Vor dem einzigen Fenster ein beiger Vorhang in Leinenstruktur - drei Poster an den Wänden: *Brücke bei Arles*, *Der Junge mit der roten Weste*, *Tänzerinnen in Blau*, unter dem Bademantel am Haken an der Tür das vierte, - James Dean von der Seite im dunklen Mantel mit hochgeschlagenem Kragen vor Schaufensterscheiben.

Küchenhängelampe über dem Tisch, Messinglampe über dem Klavier und Stehlampe mit Faltenschirm neben dem Bett. Ein Gitter vor dem Fenster zum Hinterhof. Die Wand neben dem Bett und die Innenseite der Tür hat er hellgrün gestrichen.

Alles in allem vertraute Tristesse.

Jobst verbrachte die meiste Zeit auf dem Bett und las. In Camus *Hochzeit des Lichts* begeisterte ihn die Beschreibung der Leere einer felsigen Landschaft am Rande der Wüste, im Wechsel des Tageslichts erfüllt von unterschiedlichen Farbtönen, und die Fähigkeit des Autors, das Wahrgenommene in der ihm eigenen Sprache erfahrbar werden zu lassen.

Lag er nicht auf dem Bett, saß nicht am Klavier und streifte nicht über das Pflaster nächtlicher Gassen, fühlte er eine Leere in sich, eine unbeschreibliche Leere. Da war nichts, entstand nichts in seinem Kopf. Der Stuhl blieb ein unbesetzter Stuhl, die Poster an der Wand Druckfarben, die sich aus der Nähe betrachtet in eintönige Punktmuster verwandelten. Aus Trotz gegenüber der Täuschung seiner Sinne zog er den Vorhang zu. So brauchte er auch nicht auf die Gitterstäbe vor dem Fenster zu sehen, diese zwanghaft geometrischen Strukturen. Einzig der befleckte Bodenbelag entfaltete ein schwaches Leben als unbeachtete Kunst des Zufälligen, ausgeführt von verschütteten Farben, Tinkturen, Säuren und Laugen im Lagerraum einer Drogerie, von Putzmitteln da und dort in ihrem Dasein behindert, zum Schemenhaften gezwungen. Und dann die Wegespuren! In der abgetretenen Nacktheit des Linoleums zeugnishaft für die Bewegungen des Personals in diesem Raum. Sie verlaufen bestimmungslos, verkommen zur Sinnlosigkeit. Einzig die nicht, die von oder zur Tür führen.

Was sagt uns das?

Der Satz seines Kunstlehrers fiel ihm ein. Er sollte zur detailhaften Genauigkeit in der Bildbetrachtung anregen und beschwor in der Regel verworrenes Beschreiben farblicher Elemente in abstrakten Bildern herauf.

Jobst verfolgte die Trittspuren auf dem Linoleum, schrieb ihnen die Flecken zu. Wo hatte Aggressives gestanden, wo die Farben, wo in dieser Hinsicht Belangloses wie Packmaterial? Vergangenes überzieht die Gegenwart mit ihren Spuren.

Was ist Wirklichkeit?

Dem beobachtenden und nachdenkenden Menschen sollte doch zugänglich sein, was wirklich ist. So oder ähnlich stand es im Mitschrieb einer Philosophie-Vorlesung. *Kaffeesatz von gestern,* sagte er sich, *es kommt auf meine Entscheidung in der Betrachtung an, und in dieser ist die Wirklichkeit eine von der Zeit geschichtete Erscheinung, im konkreten Fall sind die Dinge Zeugnisse der Umnutzung eines Raumes.* So bliebe ein Wort: Umnutzung! - das eigentliche Phänomen hinter den Dingen, die in ihrem Vorhandensein nur aus der Zeit heraus erklärenden Charakter gewinnen.

Hat eine solche Vorstellung von der Wirklichkeit in der Begegnung von Menschen Bestand, zum Beispiel in der Liebe? Das fragte sich Jobst. Menschen schleppen die Zeit geradezu mit sich, ziehen sie prägende Erlebnisse quasi hinter sich her, sind in Momenten der Begegnung von Gefühlen und Trieben besetzt und denken voraus.

Wie gehe ich mit dieser Erkenntnis um?

Der Andere kann mir ein Spiegel sein oder das abschreckende Modell einer misslungenen Lebensgestaltung, in jedem Fall eine Herausforderung zur Selbstbesinnung, sofern ich sie annehme. Andere tun das Gleiche wie ich, aber unter welchen Prämissen? Ihre Worte sind nicht schon deshalb klar oder gar wahr, weil man sie ausspricht, ihre Zuwendung eventuell geheuchelt, ihre Liebe ein Selbstbetrug, ihre eigentlichen Motivationen nicht einmal ihnen bewusst. – Alles ein Schein! - Ein Stuhl ist Sitzgelegenheit oder Ablage, Trittspuren bleiben Spuren, auch wenn sie Vorgänge verdeutlichen – eben Objekte.

Es ist verwirrend!

Und wenn die Übereinkunft gefunden scheint, sieht ihr der Zweifel über die Schulter. Keiner entkommt der Frage nach dem Boden unter seinen Füßen und den Blicken der Anderen. Was ist dann eine Entscheidung – die Wahl des kleinere Übels oder ein Umkehrpunkt? Die Trägheit unterfängt unsere Entscheidungen wie ein Polster den Hintern und das Echte, Wahre, Schöne bleibt eine Hoffnung. Die Wirklichkeit ist doch ein Chaos, das der Zufall hin und wieder ordnet.

So dachte Jobst. Danach sprang er auf, sortierte herumliegende Noten, stellte Lücken in seiner Sammlung fest und machte sich auf den Weg, die Antiquariate in der Stadt nach Klaviernoten zu durchsuchen, bevorzugt *Debussy, Ravel, Strawinsky, Bela Bartok* – für ihn die Schöpfer neuer Klänge. Eine Veränderung im lethargisch dahinschleichenden Alltag.

Darüber vergaß er allmählich die Last seiner Eifersucht.

Intermezzo 2

In der schmalen Gasse hinter der Kathedrale, einem von den Bomben verschonten Winkel, entdeckte Jobst einen Laden, der einschließlich Inhaber seine Vorstellungen von einer Fundgrube zu erfüllen versprach. Ein schmales Fachwerkhaus auf uraltem Gemäuer des Untergeschosses mit Tonnengewölbe. Innen voller Bücher in Regalen vor gekalkten Wänden, weitere Stapel in Mauernischen auf eingefügten Brettern. Gerahmte alte Stiche, übereinander hängend an freien Wandstücken aus Bruchstein, die Haken in Fugen getrieben. Vorne, im eigentlichen Ladenraum ein Ledersessel, umbaut von großformatigen Druckwerken.

Nach dem Klingen der Glocke an der Ladentür rief von hinten eine Stimme: *Komme sogleich!* Jobst wartete und genoss den Duft von Papierstaub, Druckerschwärze, Leder und Kaffee. Die Stimme gehörte einer Gestalt in grauer Kutte. Die schob, einen Kaffeebecher balancierend, den Vorhang zur Seite, der das Flurstück vom Laden trennte, umkurvte auf dem Weg zum Sessel mit instinktiver Sicherheit all die Hindernisse im Raum und stellte den Kaffeebecher auf dem karierten Küchentuch über dem Foliantenstapel neben dem Sessel ab.

Das dauerte seine Zeit. Minuten, die Gelassenheit verströmten und schließlich in die Frage mündeten: *Sie suchen, mein Herr?*

Der Anfang einer Bekanntschaft zwischen einem alten Menschen, den keine Besonderheit der Wünsche seiner Besucher aus der Ruhe bringen konnte, und einem jungen, der auf Entdeckungen hoffte. Das Problem: Der Alte kannte keine andere Ordnung als die seiner Erinnerung nach. Was er wann einmal wo untergebracht hatte, war ihm bezüglich Noten völlig unklar. Bald folgte ihm Jobst wie selbstverständlich durch das Labyrinth seiner Stapel und Regale. Dabei entdeckte er hinter dem Vorhang im Flur zu weiteren Räumen ein Klavier, ein *Pleyel,* die Edelmarke aus Frankreich. Zaghaft fragte Jobst um Erlaubnis und schlug Akkorde an. Das Instrument befand sich in gutem Zustand, war nur angestaubt. Dagegen könne man etwas tun, meinte der Alte und bat Jobst nach jedem Notenfund um ein kurzes Einspielen.

Der warme, sonore Ton des Pleyel-Pianos, der auch als süß-samtig beschrieben wird, begeisterte Jobst wie seinerzeit Chopin – ein gewagter Bezug! Wie kommt einer, der dieses edle Instrument nicht spielen kann und dem es nicht einmal als Blickfang im Laden dient, an solch ein Klavier?

Valentin - er bat darum, sich mit Vornamen ansprechen lassen zu dürfen –, sagte, er wisse nur, dass nach Anschlagen der Tasten Töne erklingen, kenne auch die Mechanik eines Klaviers. Aber auf welche Weise ein Mensch seine zehn Finger so koordiniert gebrauche, dass eine mehrstimmige Melodie entstünde, das sei ihm schleierhaft geblieben, er könne ja nicht einmal Noten lesen. Das Klavier habe seine Frau 1943 in die Ehe eingebracht, und die habe mit ihm recht gut umzugehen gewusst. Sie stamme aus Colmar im Elsass, nach dem Krieg dort nicht gern gesehen. Sechs Jahre seien vergangen, bis sie nach dem Tod des Vaters das Klavier endlich abholen durfte.

Papa, der Orgel spielte, hätte Claudine gerne als Pianistin gesehen. Nun ja, es kam anders. Und nun ist sie vor drei Jahren gestorben. Ich habe die Wohnung über dem Laden aufgelöst, die Möbel verkauft und nur das behalten, was ich hinten in den beiden Räumen stellen konnte. Das Klavier abzugeben, das brachte ich nicht fertig, obwohl man mir die Bude eingerannt hat. Es hängen so viele Erinnerungen daran. - Jobst, gleiten Ihre Hände so leicht und virtuos über die Tasten, entsteht in mir das Bild von Claudine, wie sie am Klavier sitzt und ihre schlanken Finger über die Reihen weißer und schwarzer Tasten tanzen. Dabei hat sie alles um sich herum vergessen. Oft spielte sie Chopin. Ich hatte Kunden, die setzten sich erst einmal und lauschten. Ja, es war eine schöne Zeit. . . . Den Sessel habe ich an seinem Platz belassen.

Jobst, mögen Sie einen Kaffee? Ich brauche jetzt einen!

Valentin Kress gefiel der junge Musiker, und er bemühte sich, Jobst mit moderaten Preisen zu wiederkehrenden Besuchen anzuregen, das Spiel auf dem Pleyel inbegriffen. Wann, außer bei seinen Besuchen, bestand für Valentin Gelegenheit, den vertrauten Klang um sich schwebend zu empfinden?

Während Jobst einmal wieder Stapel umschichtete, erkundigte sich Valentin, weshalb er darauf versessen sei – ja, der Ausdruck treffe zu! – die von ihm favorisierten Komponisten von alten Noten zu spielen. Mit seinem Laienverstand könne er sich vorstellen, dass druckfrische Editionen neue Bearbeitungen enthielten, und das sei doch gewiss der Stand gegenwärtiger Erkenntnisse und für ihn als Musikstudent auch ein Schlüssel zum Erfolg. Schließlich hätte er Dozenten vorzuspielen, die sich im Metier auskennen.

Jobst war überrascht. Bis zu diesem Moment nahm er an, Valentin gehe davon aus, dass er einzig aus Gründen der Sparsamkeit alte Noten bevorzuge. Jobst – für ihn eine Art Abenteuer, die Bestände des Alten zu sichten - hatte sich die Frage erst gar nicht gestellt. Es ging ihm um das Moment der Überraschung, und in diesem war ihm die Freiheit zur Entscheidung wichtiger als die Vorstellung eines Dozenten nach Systematik in irgendeinem musiktheoretischen Bezug.

Zwischen und unter Atlanten, Bildbänden und anderen Druckwerken – die Stapel nach Formaten sortiert –

fand sich das *Klavierbüchlein für Friedemann Bach* (2. Auflage 1929), in nachträglicher Bindung, *Robert Schumanns Album für die Jugend* (Opus 68 für Pianoforte zu vier Händen von Theodor Kirchner), ebenso ein abgegriffenes *Sonatinenbuch* mit Stücken bekannter Komponisten *(Telemann, Händel, Mozart, Beethoven)* und weniger bekannter vom 18. bis zum frühen 20. Jahrhundert, darunter ein *Rondo* von *Ignaz Pleyel (1757 – 1831)*, diverse Klavierschulen und Einzelausgaben der Editionen Peters und Schott. Verblichene Schriftzüge wiesen auf Erstbesitzer hin, und Anmerkungen, meist schweifende Bögen mit Bleistift, gaben zu erkennen, dass man zur Klavierstunde ging. Alles in allem das übliche Notenmaterial für die Übungen mehr oder weniger Fortgeschrittener, kaum eine Überraschung darunter.

Die stellte sich auf ganz andere Weise ein!

Valentin hatte den gegenüber Jobst mehrfach erwähnten Karton vom Dachboden geholt, der vom Vater nach einem Luftangriff in der Gasse aufgesammelte Papiere enthielt. Heute Trödelware!

Jobst erwühlte zwischen angesengten Zeitungen und Illustrierten aus Vorkriegsjahren zwei Notenblätter mit den Seitenzahlen 49/50 und vermutlich 51/52. Die oberen Ränder zerfielen beim Hervorziehen zu unterschiedlich breiten Fladen schwarzer Papierasche. So waren Titel und Komponist – es musste sich um den gleichen handeln – nicht erhalten, die Noten auf den stellenweise angebräunten Bogen dagegen vollständig. Auf der letzten Seite, der Einrückung und Taktangabe nach, Anfang eines Walzers in a-Moll. Auch auf vorausgehenden Seiten das Fragment eines Walzers, allerdings in As-Dur.

Jobst führte den Finger an der melodiegebenden Notation entlang, summte Tonfolgen in As-Dur im stockenden Dreiviertel-Takt. Da beugte sich jemand über ihn. Er hatte nicht bemerkt, dass inzwischen eine weitere Person zugegen war. Ein schlanker Finger glitt die obere Notenzeile entlang, dazu trällerte eine Alt-Stimme die Walzermelodie.

Hast du das Stück erkannt? Valse Nr.8 As-Dur von Frédéric Chopin, Opus 64 Nr.3.

Sybille!

Sie nahm ihn an der Hand, ging zum Klavier im Flur, schlug ohne zu zögern den Deckel auf und spielte im Stehen den Chopin-Walzer. Sybille brauchte keine Noten.

Jobst sah sich nach Valentin um. Der Auftritt Sybilles war ihm peinlich. Der lehnte mit verschränkten Armen an der Wand des schmalen Raumes und lächelte - ein verlegenes Lächeln - und meinte: *Signora Previ wird nun öfters hier spielen; sie hat zum Üben keine andere Möglichkeit mehr. Ich glaube, dem Klavier kann es nur guttun, wenn es häufiger gespielt wird.*

Was soll's? Valentins Entscheidung, sagte er sich und dankte für das Angebot, einen Kaffee zu nehmen. Den hatte Valentin in der Küche schon vorbereitet, die Bestätigung für Jobst, die Szene für inszeniert zu halten. Er empfand Sybilles Auftreten in dieser Form als Erniedrigung. Mitleid ob ihrer offenbar veränderten Lebenslage wollte sich nicht einstellen. Er fühlte sich zurückgeworfen auf ihre Schüler-Lehrer-Beziehung. Mit dem erwachsenen Jobst wusste sie – so seine Interpretation – nichts anzufangen, von jenem Flughafendienst abgesehen. Dagegen war er eine Zeit lang bereit, sie in ihrer Weiblichkeit anzunehmen. Aber nun wollte oder konnte sich Jobst nicht, von ihr im Wortsinn ausgespielt, als inkompetent oder gar als Versager wahrgenommen hinnehmen.

So mager die Szene auch gewesen sein mag: In ihm rebellierte es! Jobst machte nicht nur physisch im Flur vor dem Piano – immerhin ein *Pleyel*! – auf dem Absatz kehrt. Er tat das vollständig, mied ab da Valentin und dessen neuen Günstling Sybille. Valentin konnte doch nicht wissen, wozu er sich gebrauchen ließ! Und hierin liegt der Schlüsselwert einer scheinbar vom Zufall arrangierten Begegnung.

Jobst stürzte sich in Arbeit! Er schloss das Studium nach weiteren sechs Semestern ab: Grundlage für das Referendariat und Möglichkeit zur Aufnahme in die Solistenklasse. Andere waren auf Sit-ins oder besetzten Räume. Jobst *besetzte* ein Klavier - eines in den Übungsräumen der Musikhochschule, seines war verstimmt.

Das änderte sich im Lauf des Jahres. Die Mutter hatte ein Einsehen und bestellte den Klavierstimmer. Schwester hatte für ihn Partei ergriffen. Was Annette richtig fand, galt im Familienkreis.

Im Geist sah sich Jobst nach wie vor durch das Dunkel eines Podiums in das Licht der Spot-Strahler an den Flügel im Konzertsaal treten, unter die Frackschöße greifen, um die Schwalbenschwänze über die Bank zu lüpfen, sich selbstversunken zu setzen und das Abklingen des Räusperns und Hustens abzuwarten. Die Idealisierung eines Entwurfs, zu dessen Erfüllung weitaus mehr gehört als die Wunschwelt der Fantasie: der Blick auf die tatsächlichen Gegebenheiten – die eines siebenundzwanzigjährigen Träumers!

Jobst III

August 1971

Vor dem Spiegel am Kleiderschrank stehend verstreicht er nach der Rasur Öl aus der Apotheke im Gesicht. Hohlwangig ist er geworden. Die Finger schieben die Haut bis unter die Augen zusammen. Danach hebt er das Shirt an, zieht die Bauchhaut zwischen Daumen und Fingern zu Falten, sieht an sich hinab und erschrickt über seine langen dünnen Beine. Die enden an den Knöcheln in runtergerutschten Stricksocken. *Jammergestalt, wie sollst du zu körperlicher Arbeit taugen?*, seufzt er theatralisch und gelangt zu dem Schluss, dass ein Opfer übermenschlicher Anstrengungen in diversen Prüfungssituationen etwas anderes erwarten durfte als die amtliche Aussage . . . *unter diesen Umständen sehen wir uns derzeit nicht in der Lage, Ihnen eine Stelle zuzuweisen.*

154

Er sei in die zentrale Bewerberkartei aufgenommen und werde benachrichtigt, sofern über die geltende Einstellungsquote hinaus Bedarf im Land entstehe und seine Rangziffer aufgerufen würde. Das Schreiben der Schulbehörde steckte am Vortag im Briefkasten. Während des Referendariats hatte er es sich geleistet, das Klavierstudium fortzusetzen. Gleichzeitig waren Unterrichtsstunden und Seminar-Sitzungen vorzubereiten und eine Zulassungsarbeit zu schreiben – Selbstverständlichkeiten in dieser Ausbildungsphase. Sie forderten Jobst in ungewohnter Dichte, und es reichte nur zur Gesamtnote *befriedigend*. Trotz der Absage ist Jobst nach all dem Stress mit sich zufrieden und ruft seinen Spiegelbild zu: *Das leisten nicht viele deines Jahrgangs. Chapeau, Monsieur Teinhard!* Ein kurzer Moment der Zufriedenheit! Was bleibt ihm jedoch anderes übrig, als sich arbeitslos zu melden? - Das Teewasser kocht.

Der Morgen eines Tages, mit dem er nichts anzufangen weiß. Aus seiner lethargischen Stimmung heraus rafft er sich auf, seine Papiere zu ordnen und einen Widerspruch gegen die Entscheidung der Schulbehörde zu entwerfen.

Zäh dahinfließende Zeit, in der er sich an einen Ort erinnert, der ihn auf andere Gedanken bringen könnte – den alten Jazzkeller! Vor Augen die alten Bilder: Typen in verschwitzten Hemden, über der Hose getragen, um sich Schwaden von Zigarettenqualm, gepaart mit der Erinnerung an tiefsinnige Zweier-Gespräche über die Existenz an sich und die Nonchalance des Publikums, steht er schließlich vor einer verriegelten Tür ohne jedes Zeugnis vormaliger Verwendung. Private Kellergewölbe, ehemals genutzt im Flair der Antikultur mit laienhaft, aber engagiert vorgetragenem Jazz, mit Gelegenheit zum Flirt, sind offenbar schon lange nicht mehr gefragt, wohl auch an Auflagen gescheitert.

Wie früher sucht Jobst den benachbarten *Goldenen Anker* auf, findet an einem Tisch, an dem drei ältere Männer sitzen, einen freien Platz, besetzt ihn ohne nachzufragen, und starrt vor sich hin. Das bestellte Bier wird gebracht. Einer zieht ein Kartenspiel aus der Jackentasche. Man rückt die Gläser zur Seite, schielt auf Jobst und einigt sich auf Skat. Jobst leert sein Glas und sieht sich nach der Bedienung um. Zwei Tische weiter hebt im gleichen Moment einer den Arm, schnippt mit den Fingern und winkt ihn herbei.

Es ist der Andere aus dem Jazzkeller. Der zieht einen Stuhl heran und breitet die Arme aus.

Jobst berichtet von seiner Prüfung, erwähnte die Absage, die er vor Tagen erhalten hat, und hofft, nicht nach Doris gefragt zu werden. Der Andere schlägt ihm auf die Schulter. Da sei er ja nun frei für sonstige Aufgaben. *Schöne Freiheit ohne Aussichten!* stöhnt Jobst und steht auf. Der Andere zieht ihn am Ärmel auf den Stuhl zurück und bestellt ihm ein Bier auf seine Rechnung. Dann erzählt er: Erstes Staatsexamen in Germanistik und Geographie, Referendariat in Rastatt und danach gleichfalls keine Anstellung im Schuldienst. Von 1965 an im SDS und gelegentlich Bekanntschaft mit prominenten Linken aus der Protest-Szene. Darin vermutet er den Grund der Ablehnung.

Unvermeidlich zu der Zeit und damals für mich nicht mit irgendwelchen Aktionen verbunden. Dazu war ich zu unbedeutend und wahrscheinlich als ewig Fragender im Kreis der Genossinnen und Genossen nicht für verlässlich gehalten worden.

Seit drei Jahren arbeite er nun für einen Verlag als Lektor – Manuskriptvorprüfung -, hervorgegangen aus einem Freundeskreis liberaler Persönlichkeiten mit offenen Fragestellungen in Nachkriegsjahren. Die hatten hautnah als Soldaten den Irrsinn von Befehl und Gehorsam miterlebt, einer sich rechtzeitig der Verfolgung durch Flucht ins Exil entzogen. Jüdischer Abkunft oder einer politisch missliebigen Familie entstammend? So genau könne er das nicht sagen, meint der Andere.

Jedenfalls fand die Gruppe nach Kriegsende zusammen. Man suchte das kulturelle Engagement in einer aus Großmannssucht und Führergehorsam zaghaft erwachenden Gesellschaft, freundlich ausgedrückt. Man wagte die Herausgabe eines Kulturmagazins, das nach wenigen Nummern aus Mangel an Interesse und wohl auch wegen der sich nun zeigenden unterschiedlichen Ansichten der Herausgeber aufgegeben wurde. Über die Frage, ob man bevorzugt Autoren als Vertreter sozialistischen Gedankenguts ein Podium bieten solle oder eher konservativen, die den Verrat des braunen Gesindels am Geist deutscher Kultur abzuhandeln gedachten, sei es zur Trennung gekommen. Den Verlag führe nun einer der Gründer weiter, heute bescheiden im Geschäft mit regional verorteter Literatur.

Der Andere lehnt sich zurück.

Seit einiger Zeit haben wir Wanderführer im Programm, auch solche zu Kulturstätten der Region, eine Reihe ‚Ortsbeschreibungen' und Einzelausgaben aus diversen lokalen Anlässen. Das sei gegenwärtig die ökonomische Basis des Verlagsgeschäftes. Hinzu komme eventuell bald die Übernahme eines regionalen Werbeblattes, wöchentlich kostenlos in Stadt und Umland verteilt. *Nebenbei gesagt, auch eine Chance für sanfte Kulturkritik, wenn man mit der geschickt umgeht und Werbekunden nicht vor den Kopf stößt,* sagt der Andere und fügt schmunzelnd an: *Also werde ich versuchen, sowohl liberal als auch konservativ zu sein. Ich sei ja noch jung, meinte der Chef und habe bewiesen, dass ich mich auf die gesellschaftliche Realität einzustellen wisse. . . . Besser eine leise Stimme als keine und für mich ein akzeptable Plattform.*

Er schaut nach der Bedienung und bemerkt nebenbei: *Muss ja nicht auf Lebenszeit so bleiben!* Mit der Einstellung in den Schuldienst brauche er angesichts des Radikalenerlasses nicht mehr zu rechnen. Er grinst und trinkt Jobst mit dem Rest aus seinem Glas zu: *Auf gute Zusammenarbeit!*

Wie er sich die denn vorstelle?

Nun, meint der Andere, *auf Gegenseitigkeit! Konditorei Teinhard schaltet wöchentlich eine Anzeige, und für dich finden wir eine Rubrik, beispielsweise ‚Spaziergänge durch die*

Quartiere der Stadt'. So finden sich Werbekunden und Leser!
Von seinem Gehalt könne er leben, zwar ohne Auto und
Bausparvertrag, doch unabhängig von der politischen
Großwetterlage. Eine Familie habe er ja nicht zu versor-
gen.

Er lacht, schlägt Jobst auf den Rücken: *Da lassen wir
uns mal Zeit!*

*

Jobst tritt aus Bierdunst und Zigarettenqualm ins Freie –
Nieselregen! Er pellt die Kapuze aus dem Kragenfutter
und zieht den Reißverschluss am Anorak hoch. *Spaziergänge durch die Quartiere der Stadt* geht ihm durch den
Kopf. Schreiben als Ergänzung zur Musik? Ein Vorschlag,
der ihn anspricht. Er vergisst den Regen, schlendert seiner Bude in der Altstadt zu. Eine getigerte Katze,
Gottseidank keine schwarze, kommt mit aufgestelltem
Schwanz daher und streicht ihm um die Beine. Dann liegt
er wach im Bett. Im Kopf wächst ein Text. Gegen drei Uhr
in der Früh schläft er ein. Um neun greift er zum Semi-
nar-Ringbuch im Regal über dem Bett und beginnt lie-
gend zu notieren - eine Aufzählung von Eindrücken.
Unter dem Wasserhahn in der Waschküche lässt er kaltes
Wasser über Gesicht und Oberkörper strömen.

Danach frühstückt er, rückt das Tablett zur Seite und holt
die Koffer-Schreibmaschine. Im Eifer einer über ihn ge-
kommenen Ausdruckslust tippt er Blatt um Blatt.

Mein Viertel

Gegen Ende des 19. Jahrhunderts begann um das Kerngebiet des Viertels eine rege Bautätigkeit. Finanzkräftige Rentiers, angezogen von der Lage zwischen Fluss und bewaldeten Berghängen und vor allem von der guten Luft, ließen stattliche Wohngebäude im Stilgemisch der Gründerzeit errichten - innen Stuck, außen Schmuckfassaden mit Erkern, Balkonen und umgeben von Gärten, eingefasst von geschmiedeten Gittern. Als Blickfang bunt verglaste Fenster an Treppenaufgängen und Erkern. Vorwiegend dort, wo sich Architekt und Bauherr am Jugendstil orientierten.

Die Luftverschmutzung muss damals in den Industriezentren erheblich gewesen sein – Kohle als Energieträger! Wer es sich leisten konnte, verlegte den Wohnsitz an einen klimatisch begünstigten Ort. So entstanden in repräsentativen Bürgerhäusern großzügig bemessene Etagenwohnungen mit Dielen, Bädern und Wirtschaftsräumen, die ungeheizten Mansarden für das Hauspersonal nicht mitgerechnet, auch Stadtvillen. Äußerlich sind beide Bauformen nicht ohne weiteres zu unterscheiden. . . .

Gegen elf unterbricht er, brühte Tee auf und füllt die Thermoskanne. Dann überliest er das Getippte: viel über Architektur und die gegenwärtige Sanierungswellen und wenig über die Bewohner.

Wie lebt es sich hier? Wie stets bestimmt Gewohntes

das Nebeneinander: Man lächelt sich zu und grüßt, so man sich wiederholt begegnet, nimmt kaum Anstoß an allgegenwärtiger

Egomanie, weicht Radfahrern auf Gehwegen aus, findet das Wetter der Jahreszeit gemäß . . .

So beginnt der nächste Abschnitt. Eine als ironisch zu bezeichnende Passage aus Beobachtungen der Quartiersbürger folgt. Bevor er zu Kindheitserinnerungen übergeht, schlägt er zwei Eier in die Pfanne, bereitet sich einen Pulverkaffee und schreibt weiter:

Als Kind gehörte ich einer Bande im kleinbürgerlichen Teil des Reviers an. Wir kletterten in Hinterhöfen über Mauern, auf Flachdächer der Anbauten, plünderten Kirschbäume und bauten uns eine Hütte im Garten hinter einer Garage . . .

Ach ja, die Mädchen! seufzt er, kommt über die in ihren Schürzenkleidern nach Abwasch riechenden Schwestern der Kumpels zu den Mädels in Blusen und Faltenröcken aus dem besseren Teil des Viertels, mit denen er Murmeln spielte und Verstecken in den parkartigen Gärten um die Stadtvillen.

Das alles prägte mein Gefühl für das Viertel. Von Baustilen hatte ich keine Ahnung, doch die sozialen Unterschiede nahm ich wahr, mir in ihrer Bedeutung für das Leben nicht bewusst.

Der letzte Satz! Er dreht das Blatt aus der Schreibmaschine und überfliegt sein Werk.

Zu umfangreich für ein Werbeblatt, eventuell als überheblich-sozialkritisch empfunden und bestimmte Werbekunden abstoßend, sagt sich Jobst. Er verstaut die Blätter in einer Mappe mit dem Vermerk: *Zu überarbeiten!* Es könnte doch sein, dass er später ein Buch schreiben wird. Eines, in welchem er den mühevollen Weg seiner

Karriere schildert, und darin fände sich gewiss ein Platz für diesen Text. Was den Menschen nachhaltig prägt, das ist doch der Raum seiner Kindheit und Jugend. Er denkt an Camus und nimmt sich vor, die Wirkung von Licht und Schatten, von Farben und Gerüchen, von Geräuschen und Tönen auf die Seele eines Kindes in seinen Entwurf einzuarbeiten.

Es ist so, spricht er zu sich selbst, *dass unser Existieren von den unauslöschlichen Spuren beeinflusst ist, die wir als Kinder aufgenommen haben, man könnte auch sagen aufgesogen. Selbst an fernen Orten entdeckst du sie, sobald du auf Ähnlichkeiten triffst.*

In der Eisdiele - Juli 1972

Hallo Antonio! Jobst verharrt in der Türöffnung. Der Kurzsichtige spült Gläser und erkennt ihn nicht. Monate ist es her, dass er die Eisdiele aufgesucht hat. Jobst nähert sich dem Tresen. Nun merkt Antonio, wer vor ihm steht. Über das Spülbecken gebeugt, das Geschirrtuch in der Hand, nuschelt er - *Sag' mal, in welchen Kreisen interessiert man sich seit Neuestem für dich?* – und dreht das Geschirrtuch durch ein gespültes Glas.

Wieso? tut Jobst erstaunt und richtet sich auf.

Antonio senkt den Kopf, wischt geschäftig über die Ränder der Spüle, wirft flüchtig einen Blick in den Raum und flüstert: *Allora, an dem Tisch hinten sitzt einer, der mit der Zeitung vor dem Gesicht. . . . Dreh' dich nicht so auffällig um!*

Jobst faucht: *Was soll das Schauspiel?*

Antonio beugt sich wieder vor: *Du, der Kerl hat sich nach dir erkundigt! Wollte wissen, ob du noch immer nebenan wohnst.*

Und, was hast du ihm gesagt?

Antonio stellt die ausgewischten Gläser auf das Tablett neben der Spüle und meint gespielt gleichgültig: *Dass du vor einiger Zeit ausgezogen bist, was weiß ich wohin, is doch nicht meine Sache gewesen, mit deine strani amici damals!*

Im gleichen Moment schaut er an Jobst vorbei und fragt beflissen: *Dottore, was kann ich tun für Sie?*

Jobst fühlt eine Hand auf seiner Schulter. Hinter ihm steht die verdächtige Gestalt – es ist der Andere

aus dem Jazzkeller! Der breitet freundschaftlich die Arme aus, deutet mit dem Kopf auf Antonio: *Er hat mich wohl für einen Schnüffler gehalten, im Dienst bei Kaffee auf Spesen.* Beide lachen lauthals. Antonio verzieht pikiert das Gesicht.

Cappuccino für meinen Freund und mich! bestellt der Andere. Antonio schiebt wortlos zwei Tassen unter die Maschine, schäumt Milch auf, drückt Hebel. Unter Druck fließt der Kaffee aus den Röhrchen.

Mensch Jobst!, sagt der Andere. *Warum hast du nichts von dir hören lassen? Ich habe auf deinen Beitrag gewartet und dir sogar geschrieben. Der Brief kam zurück: unbekannt verzogen! Jetzt ist es zu spät. Aber sag', was ist mit dir?*

Antonio gibt die aufgeschäumte Milch zum Kaffee, streut Kakaopulver darüber und stellt die Tassen auf der Theke ab, meint trocken: *Er wird neue Artikel schreiben, hat ja Zeit, viel Zeit jetzt.* Der Andere zieht die Schulter hoch und wendet sich um.

Ihr Cappuccino, Mister Null-Null-Sieben! ruft ihm Antonio hinterher. Jobst nimmt beide Tassen und folgte dem Anderen an den Tisch in der Ecke. Und dann erzählt Jobst vom unerwarteten Tod des Vaters - Herzinfarkt während der Arbeit letztes Jahr im Dezember. Seine Schwester richtete die Frühstückstheke, im Backofen verbrannten die Nusshörnchen. Der Geruch von verkohlendem Blätterteig alarmierte sie - zu spät!

Nach dem Tod des Vaters habe er die Bude hier nebenan aufgegeben und wieder seine Dachkammer im Elternhaus bezogen. *Annette hat den Betrieb übernommen. Ich habe in Backstube und Laden geholfen. War doch selbstverständlich!* Der Andere nickt. *Für Papa war Annette die Nachfolgerin und hat darauf geschaut, dass sie möglichst bald die Meisterprüfung ablegt.*

Zum Glück rechtzeitig! murmelt der Andere.

Nach der Einstellung eines Mitarbeiters habe er sein Engagement im Betrieb beendet und drüben im Stadtteil über dem Fluss die Erdgeschoss-Wohnung eines Mietshauses bezogen – sein Erbe. Deshalb die Adressenänderung!

Antonio wischt Tische ab, umkreist die beiden in der Ecke. Antonio ist neugierig. Näher und näher kommt er mit dem Wischlappen. Jobst grinst, hebt seine Tassen vom Tisch. „Bitte, lass' dich nicht aufhalten!" Der Andere lacht, und Antonio zieht sich zurück.

Die Erbschaft

Der Mutter war die Aufteilung schon im Vorhinein klar: Betrieb und Wohnhaus gingen an die Tochter bei Wohnrecht auf Lebenszeit und mit der Zusicherung, sie könne weiterhin in Büro und Verkauf in gewohnter Weise mitarbeiten. Das Mietshaus, vom Großvater Ende der Zwanziger zur Alterssicherung erworben, ließ sie auf Jobst überschreiben. Dessen Anteil am Kapitalbestand wurde für die Renovierung des Cafés benötigt und ihm ein späterer Ausgleich zugesichert.

Jobsts Zukunft war nun ökonomisch abgefedert.

Die Schwester ließ eine neue Kuchentheke einbauen. Die wesentlich wirksamere Kühlung verminderte den Ausschuss und erlaubte ein nachfragegerechtes Kalkulieren der Produktion. Die alten Lederstühle und die Tischchen aus Mahagoni im Café behielt sie bei – Charme der zwanziger Jahre! Nur die Lämpchen tauschte sie aus: grüne Glasschirme auf Messingständern im Stil des *Art déco*. Ein Mitarbeiter mit Gesellenbrief kam hinzu – Georg aus dem Schwarzwald, der Sohn eines Hoteliers. Jobst hatte bis dahin beim Tagesgeschäft ganz selbstverständlich geholfen. Nun zog er sich zurück, dreißig Jahre alt und nicht eingestellter Lehrer.

Ein vierstöckiger Bau, im Äußeren noch weitgehend unverändert seit seiner Entstehung vor dem Ersten Weltkrieg, von der Zeit gezeichnet. Die Fassade im unteren Bereich aus grob behauenen Sandsteinen und darüber vergrauter Verputz, der einmal Farbe trug. An wettergeschützten Stellen ist sie in verblichenen Ockertönungen fleckenhaft zu erahnen. Eine neue Dacheindeckung ersetzte nach der Währungsreform das schadhafte ursprüngliche Dach, Fensterläden und Rahmen wurden nachgestrichen. Der Anstrich ist mittlerweile rissig – Runzeln in einem gealterten Gesicht. Über dem Hauseingang auf der Seite zur Hofzufahrt trägt eine geschmiedete Eisenkonstruktion eine schräge Abdeckung aus Drahtglas - schlicht, doch nicht schmucklos. Dieser ist zu verdanken, dass der Haustür aus Eichenholz seit Anbeginn ihre Würde erhalten blieb. Zwei schmale hohe Milchglasscheiben leiten sparsam Tageslicht in den Treppenvorraum.

Im Treppenflur helle Terrazzo-Böden, rötliche Sandstein-Stufen an begangenen Stellen vergraut, und ein blassgelber Wandanstrich. Das blaue Farbband unterhalb der aufgesetzten Dachverglasung und zweiflügelige Außenfenster mit Resten einer Verglasung im Jugendstil lassen die ursprüngliche farbliche Gestaltung des Treppenhauses erahnen. Der galerieartige Treppenumlauf verleiht ihm eine überraschende Eleganz.

Im Ganzen die durchdachte Architektur eines einfachen Mietshauses zu Beginn des 20. Jahrhunderts. Trotz Gebrauchsspuren und Alterung ist noch immer eine Großzügigkeit spürbar, die man in Neubauten der Nachkriegsjahre selten antrifft.

Der Vorgarten - eine verkrautete Grünzone, von üppig gedeihenden Hortensienbüschen gedeckt. Einblick verwehrt ein wuchernder Holunder an der Hofzufahrt. Hinter dem Haus ein gepflasterter schmaler Hof, ein Rasenstreifen mit Teppichstange und die fensterlose Ziegelwand eines Anbaus, der zum Gebäude an der kreuzenden Straße gehört. Das linke Nachbargebäude ist ein Eckhaus, dessen quadratischer Hof ein dunkles Loch, das Sonnenlicht allenfalls im Hochsommer erreicht. Gelbe Kunststoffplanen schützen ausgebaute Fenster und Türen vor Niederschlag. Beständig werden es mehr. Der Nachbar lässt freigewordene Wohnungen renovieren und vermietet sie danach teurer.

Für Jobst sind Mieteinnahmen die Grundsicherung. Einen festen Beruf hat er nicht, hin und wieder den einen oder anderen Job, der zu seiner Ausbildung passt: Musik und Französisch. Der Zustand des Hauses - mit Ofenheizung und seinen altertümlichen Doppelfenstern - entspricht nicht den gängigen Standards. Mieterwechsel, zwischendurch Leerstände - Jobsts Einnahmen schwanken.

Elisabeth

Im Frühjahr 1980 zieht Elisabeth Roth in die Wohnung im ersten Stock - mit Freund Matthias. Elisabeth, eine schusselige Kindergärtnerin, braucht mal Salz, mal Mehl oder ein Ei. Sie streicht die Wohnung und kommt angeblich nicht regelmäßig zum Einkaufen. Matthias hat wenig Zeit und die auch nicht regelmäßig. Als selbständiger Energieberater ist er über Tage unterwegs.

Jobst gefällt die junge Frau: mittelgroß, schlank, brünett, mit weichen Bewegungen, schmalem Gesicht und dem unschuldigen Blick eines neugierigen Kindes aus dunklen mandelförmigen Augen. Der helle Teint und eine verhaltene Gestik unterstreichen die Anmut ihrer Erscheinung. Ordnet sie ihr langes Haar mit ruhiger Hand über Ohren und Nacken oder schüttelt es reflexartig auf, bezieht Jobst diese Gesten auf sich.

Nach einem halben Jahr ihrer Türkontakte verlässt Matthias Elisabeth. Auf seinen Geschäftsreisen hat er im Fränkischen eine geschiedene Frau kennengelernt – kinderlos mit Eigenheim. Die Miete kann sich Elisabeth nun nicht mehr leisten. In dieser Lage nimmt sie Jobsts Angebot an und zieht zu ihm ins Erdgeschoss.

Von außen betrachtet passen der flippige Jobst und die schusselige Elisabeth eigentlich ganz gut zusammen, allerdings fällt es beiden schwer, ein Mindestmaß an

Ordnung zu halten. Die Zuständigkeit für Alltägliches im Haushalt sieht Jobst mehr und mehr bei Elisabeth, zumal es die Mutter unter Verweis auf ihr Alter ablehnt, weiterhin für ihn zu waschen und zu bügeln - er habe ja nun eine Frau im Haus. Von emanzipatorischen Gedanken weit entfernt, fühlt sich Elisabeth in eine Rolle gedrängt, zu der es ihrer Ansicht nach an einer tragenden Begründung fehlt. - Elisabeth packt!

An einem Freitag im August 1982 holt sie ein bärtiger Mensch mit einem Miet-Lkw ab. Angeblich zieht sie zu ihrem Bruder nach Kaiserslautern. Am Sonntagabend hatte sie Jobst ihren Entschluss offenbart. Ihre Entscheidung traf ihn überraschend. In der Woche zuvor schliefen sie noch miteinander, und er empfand ihre Zuwendung liebevoll.

Monate später erreicht ihn ein Brief, in dem Elisabeth mitteilt, sie erwarte ein Kind und werde demnächst heiraten. Da er derjenige war, der keinen Zweifel daran ließ, dass er sich nicht vorstellen könne, Vater zu werden und dann auch zu sein, glaubte er den Grund ihres plötzlichen Weggehens erkannt zu haben - Torschlusspanik der Dreißigjährigen. Er schreibt zurück, wünscht Elisabeth Zufriedenheit in der Ehe sowie Freude am Heranwachsen eines Kindes – nüchtern und höflich. Daraufhin setzt er sich mit einem Glas Rotwein ans Klavier und spielt Chopins Nocturne Nr. 6 g-Moll, das ihn an seine Klavierlehrerin erinnert.

Elisabeth ist aus seinem Leben verschwunden und er kein Mensch, der sich mit Vergangenem quält. Der Blues verdrängt Chopin. Jobst findet zu einer Gruppe von Freizeit-Jazzern. Sie kommen wie er von der Klassik, suchen nach der Freiheit in der Improvisation, die sie in der Interpretation klassischer Werke angeblich nicht finden. Eine unvollständige Begründung, denn der Anreiz, nunmehr Einnahmen zu haben, ist mindestens so groß!

Jobst tritt mit der Gruppe bei Feiern in Clubs, bei abendlichen Besinnungsstunden und Vorträgen in Kirchen auf. Man spielt zu Vernissagen, auf Hoffesten und Hochzeiten. Nebenbei schreibt er gegen Zeilenhonorar für das Werbeblatt des Anderen über sonstige musikalische Ereignisse. Veranstaltungen, für die sich die Profis zu schade sind. - Sein Terminkalender ist gefüllt.

Im Herbst 1986 zieht das Paar im dritten Stock aus. Um Nachfolger kümmert sich Jobst nicht. Sein Grund-Einkommen schmilzt, die finanzielle Lage ist angespannt, zumal er das alte Klavier gegen einen gebrauchten Flügel eingetauscht hat, den er in Raten abbezahlt. Jobst schläft schlecht und nimmt Beruhigungsmittel.

Sein Zustand entgeht der Schwester nicht. Öfter als früher lässt er sich an Wochenenden zum Essen einladen und genießt das Zusammensein mit vertrauten Personen. Sie, die Geschäftsfrau, schlägt vor, ihm den ausstehenden Rest seines Erbanteils auszuzahlen und das Haus zu renovieren. Man heize noch immer mit Holz und Kohlen und bereite Warmwasser in stromfressenden Badboilern auf. Eine zentrale Anlage für Heizung und Warmwasserversorgung und die Erneuerung der Fenster sei die Voraussetzung für angemessene Mieteinnahmen.

Annette holt Angebote ein. Etwa 160.000 DM solle die Renovierung kosten, das Kacheln der Bäder und je einer Küchenwand eingeschlossen. Die beiden verbliebenen Mietparteien sind unter der Bedingung einverstanden, dass die Arbeiten bis zum nächsten Herbst abgeschlossen sind und ihnen keine Kosten entstehen.

Im Frühjahr 1987 beginnen die Renovierungsarbeiten. Vor den ersten kalten Tagen geht die neue Heizungsanlage in Betrieb. Der Fliesenleger hält den versprochenen Termin nicht ein – Provisorien in Bädern und Küchen. Die Wohnung im dritten Stock steht nach zwei Jahren noch immer leer. Um einen neuen Mieter will sich Jobst erst nach Abschluss der Renovierung kümmern.

Kathrin

Da erreicht ihn Ende Oktober 1989 das Schreiben einer gewissen Elisabeth Gerwig, vormals Roth. Ihr Mann, an das Finanzamt in dieser Stadt versetzt, wohne zur Zeit bei Verwandten, und sie suche eine Wohnung für die Familie – zwei Erwachsene, ein Kind und ein Cockerspaniel. Ob er sich an sie erinnere, sei sie sich nicht gewiss und falls doch, dann eventuell mit Vorbehalten. Das wolle sie aus Gründen der Korrektheit nicht unerwähnt lassen. Sie wage es trotzdem anzufragen, da sie von einer ehemaligen Arbeitskollegin erfahren habe, mit der sie in

Kontakt geblieben sei, dass in seinem Haus eine Wohnung leer stehe – eine Seltenheit in dieser Stadt. Er, wie sie weiß, ein großzügiger Mensch, werde ihr Vergangenes gewiss nicht nachtragen. Das Haus kenne sie ja, daher würde im Fall seiner Zusage ihr Mann sich die Wohnung anschauen.

Ach Gott! seufzt Jobst, *das Leben ist oft so ernst und bleiern langweilig, doch nun lache ich! Elisabeth braucht wieder einmal eine Wohnung, und auf wen kommt sie? Auf mich! Und wie es der Zufall will, brauche ich im selben Moment einen neuen Mieter. Wen das nicht berührt, der hat den Zufall nicht verstanden.*

In dieser Stimmung ruft er an: *Die Wohnung ganz oben wartet auf euch!* Elisabeth verspricht, ihn zu umarmen. *Sei damit vorsichtig!* warnt er. In der Woche darauf klingelt ein blonder Mensch bei Jobst und stellt sich als Michael Gerwig aus Kaiserslautern vor - er trägt übrigens keinen Bart. Der sagt zu und erklärt sich bereit, das Richten der Wohnung selbst zu übernehmen. Nun ja, dann wird der Bärtige damals tatsächlich Elisabeths Bruder gewesen sein. *Was soll's?* sagt er sich. *Zwischen uns liegen zwei Stockwerke.*

Die Rechnung hat er ohne Kathrin gemacht, die Tochter, und vor allem ohne Balduin, den Cocker-Rüden. Beim Streichen der Wände und Einrichten stehen gewöhnlich Türen auf. Das neugierige Vieh rückt das eine und andere Mal aus, lässt sich Zeit, beschnüffelt die umliegenden Straßen und setzte Duftmarken. Balduin, kaum zu halten, kehrt zwar stets ohne Probleme zurück, aber eben zu Unzeiten.

Rätselhaft, wie es einem Hund in kurzer Zeit gelingt, seine Wege zu finden. Kathrin weint, und Elisabeth verzweifelt im Chaos einer halbwegs renovierten Wohnung zwischen Umzugskartons und dem Einräumen von Schränken. Mehrfach am Tag sucht sie mit der Tochter den Hund – auf getrennten Wegen. Man kann ein achtjähriges Kind nicht alleine in nasskalt-trübem Wetter durch eine fremde Umgebung irren lassen. Und so wird Jobst gebeten, sich der Suche nach dem Hund anzuschließen.

Immer häufiger läutet Kathrin an der Tür im Erdgeschoss, steht mit Balduin vor ihm und schluckt, stammelt dann irgendetwas über den Vormittag in der neuen Schule, über Mama und Papa, die nicht da sind. Dem Blick eines Spaniels widersteht kaum einer, der Hunde nicht direkt ablehnt. Jobst schlüpft in Schuhe und Parka und zieht die Tür hinter sich zu. In der rechten Hand die Hundeleine, an der linken Kathrin, streift er mit Kind und Hund durch das Viertel. Sie schauen beim Bäcker vorbei oder gehen zum Supermarkt, lassen sich Zeit beim Einkauf, bis der Hund - außen angeleint - zu jaulen beginnt.

Kathrin lenkt Jobst nicht vor Regale, die ihre Wünsche ahnen lassen. Nein, das tut sie nicht! Aber alles, was klein ist, entzückt sie: die Cocktail-Tomätchen am Gemüsestand, die Hörnchennudeln - ach, wie niedlich! Die Gummibärchen übersieht sie großzügig, jedoch nicht die winzigen Döschen mit Kaviar, auch nicht die Gläschen mit exklusiven Saucen aus Fernost. Wie das wohl schmecken mag? Jobst lacht und deutet jedes Mal auf die ebenso winzigen Aufkleber mit den Preisen. Kathrin hält dann erstaunt die Hand vor den Mund und schüttelt den Kopf, was wohl bedeuten soll, dass derartiger Luxus nicht sein müsse. Da ist ein bisschen Theatralik dabei und Jobst hat Spaß. Am Ende langt er doch am Verwöhnregal für Kinder neben der Kasse nach der - ach, so bescheidenen - Packung mit vier Gummibärchen, und Kathrin beteuert, das sei doch nicht nötig.

Die Bereitschaft des langen dünnen Mannes, für sie da zu sein, tut Kathrin gut, und auch Jobst genießt das Zusammensein mit dem Kind.

Was hast du heute zu Mittag gehabt? erkundigt er sich nun regelmäßig vor dem Spaziergang. Die Antwort ist meist dieselbe: *Nutella-Brötchen, Haferkeksriegel und ein Glas Milch.* Kommt der Vater von der Arbeit, gib es warm zu essen – unregelmäßig, denn der ist oft auf Außenrevision. Das ist Kathrin gewöhnt, das magere Wesen mit beständigem Appetit. Bereits am Vormittag macht sich Jobst Gedanken, was er Kathrin anbieten kann und woran es in seinem Vorrat mangelt. Lässt er während des Streifens im Supermarkt einzelne Bemerkungen fallen, ergänzt Kathrin sie zu Vorschlägen. Etwa so: *Wo sind die Eier?* murmelt Jobst vor sich hin, und Kathrin fragt: *Hast du Speck?* Dann gibt es anschließend Rührei mit Speck und Brezeln, für ihn Kaffee, für Kathrin Kakao.

Elisabeth, inzwischen von neun bis sechzehn Uhr in einer Kindertagesstätte beschäftigt, wird von den Kontak-

174

ten ihrer Tochter erfahren haben. Gegenüber Jobst äußert sie nur: *Ach herrje, gestern war Kathrin wieder bei dir. Ich habe ihr gesagt, dass sie das nicht täglich tun darf. Herr Teinhard hat sicher anderes vor, als sich regelmäßig um dich zu kümmern, und du solltest in der Zeit deine Hausaufgaben erledigen.*

*

Kathrin wächst Jobst mehr und mehr ans Herz. Er merkt, dass ihm der Umgang mit einem Kind gefehlt hat. Bald ergänzen Kathrins Hausaufgaben die Spaziergänge. In der Grundschule hat sie Französisch, ein Schulversuch in dieser Stadt in Grenznähe, und daher Nachholbedarf. Er liest ihr aus *Le Petit Prince* vor. Kathrin liebt die Illustrationen. *Ou est-ce-la? De quelle chose parle le renard?* beginnt sie zu fragen und Jobst antwortet in einfachen Sätzen. An einem Donnerstag kommt sie nach der Schule direkt zu ihm und berichtet stolz, die Lehrerin habe heute aus dem Buch vorgelesen und sie alles verstanden.

Der Flügel

Es braucht einige Zeit, bis Kathrin sich traut, Jobst zu bitten, auf dem Flügel zu spielen. Er hebt die Abdeckung an und arretiert sie mit der dafür vorgesehenen Stütze – und Kathrin lacht und lacht. *Was hast du?* fragt er verwundert.

Wirklich wie ein großer Vogelflügel! Jetzt weiß ich, warum man zu einem solchen flachen Klavier Flügel sagt.

Jobst schlägt Akkorde an. *Nur so zum Spaß,* meint er, *damit der große Vogel auch singt.* Dann fordert er sie auf, mit dem Vogel zu summen. Das läuft ohne Misstöne. Folglich ist das Mädchen musikalisch, sagt er sich und spielt Gershwin, die ersten Takte von *Summertime,* wiederholt sie in verschiedenen Tonarten. Kathrin kennt wohl die Melodie und singt sie sogleich mit lautem La-la-la mit, stolpert über den Wechsel der Tonart, schluckt und nimmt sie wieder auf. Jobst staunt, und dann überkommt ihn die Lust, dem Mädchen die Klangfülle des Flügels zu demonstrieren. Er spielt die Variation N° 25 aus Bachs *Goldberg-Variationen* an, vergisst sich im Spiel und nimmt aus den Augenwinkeln wahr, wie das Mädchen in sich versunken am Flügel lehnt.

Ach, war das schön! haucht Kathrin, nachdem letzte Töne verklungen sind und wischt sich über die Augen.

*

Ja, sagt Jobst beim Rasieren zu seinem Spiegelbild, *in ihrem schmalen Gesicht mit den mandelförmigen dunklen Augen ist Kathrin der Mutter ähnlich. Der Körperbau, die Figur - soweit man bei einem Kind von Figur sprechen kann – kommt wohl kaum von ihr. Das Mädchen ist für sein Alter groß und hat lange Beine. Dagegen neigt Michael, der wortkarge Vater, zur Korpulenz auf strammen Beinen.* Jobst wäscht den Rasierpinsel aus. Er streckt den Hals, schaukelt mit dem Kopf, wie das Kathrin tut, wenn sie unschlüssig ist und nimmt sich vor, sie nach ihrem Geburtstag zu fragen.

*

Für das Kind in Kathrin ist Jobst ein Zauberer der Klänge, für das Mädchen eine mal moderat, mal energisch bewegte männliche Gestalt, deren Hände elegant über die Tasten gleiten. Gleichzeitig fasziniert sie, wie die Klänge der Saiten in ihrem Körper nachvibrieren. Sie vergisst die andachtsvolle Scheu des Zuhörens und beginnt selbstversunken zu tanzen. Erst zaghaft und bald ganz selbstverständlich, als sie bemerkt, wie Jobst, über die Tasten geneigt, lächelt.

Das hat er erwartet und spielt eine Tarantella. Kathrin dreht sich, wirbelt mit den Armen und stampft im Takt. Außer Atem lehnt sie dann am Flügel und seufzt: *Ich möchte lernen, wie man auf einem Flügel spielt.*

Jobst rät ihr weder ab noch zu. Ein gewisses Maß an Dressur wäre ja nicht zu vermeiden. Zudem, wo soll sie üben? Unter diesen Umständen hätte er in die Rolle von Fräulein Schwedt zu schlüpfen; sein vertrauter Umgang mit dem Kind würde leiden. Die Freude am Piano möchte er Kathrin jedoch erhalten. So zieht einen Stuhl heran, legt ein Kissen auf und gibt ihr nun Gelegenheit, das Fließen der Töne in spielerischer Weise zu üben: Läufe in verschiedenen Tonarten, Dreiklänge von Grundtönen aus und weitere Klangfiguren, die er ihr vorspielt.

So eifrig sie auch bei der Sache ist, wird sie zunehmend unzufrieden, da keine wirklichen Melodien entstehen wollen. Als sie wieder einmal die Lust verloren hat und von Klavierunterricht spricht, legt Jobst eine LP auf. Er balanciert den Tonarm über die Rillen, bis *Let it be* von den Beatles aus den Lautsprecherboxen schallt.

Mit dem ganzen Körper wippend summt Kathrin mit. Jobst schaltet die Anlage ab und spielt die Melodie auf dem Flügel an. Dann zeigt er ihr einen Fingersatz für die linke Hand und lässt sie eine kurze, sich wiederholende Taktfolge probieren. Dazu klatscht er den Rhythmus. Anschließend spielt er rechts erste Takte und gibt ihr bei der Wiederholung mit dem Kopf das Zeichen zum Einsatz. Den nimmt Kathrin sofort an, nicht ohne Taktverzögerungen und manchem falschen Ton. Jobst zeigt Geduld, bis nach etlichen Versuchen ihr Zusammenspiel harmonisch klingt. Kathrin hat einen hochroten Kopf und braucht eine Pause.

*

Je vertrauter Jobsts Umgang mit dem Mädchen wird, desto nachdenklicher nimmt er sie wahr. Er hat sich endlich nach ihrem Geburtstag erkundigt. *Dritter Mai*, erhält er zur Antwort. Der Zeitfluss hat inzwischen das Frühjahr 1992 erreicht und Kathrin wird neun.

Ob sie einen Wunsch äußern dürfe?

Weshalb nicht?

Dann wünsche ich mir, dass wir Mama und Papa vorspielen, was ich bei dir gelernt habe.

Das war eindeutig! Doch Jobst kann es nicht lassen nachzurechnen: Mitte August 1982 bis 3. Mai 1983 – das könnte passen, sofern . . . *Ja was?* ruft er laut in den Raum und schlägt sich vor den Kopf. *Das ist noch kein Beweis, höchstens Anlass zu einer Ahnung und der nachzugehen hast du kein Recht!*

Er setzt sich an den Flügel und spielt Bach: Präludium und Fuge in C-Dur und stellt sich vor, wie Kathrin mit den Fingern den Rhythmus auf den Deckel des Flügels tippt, wäre sie hier.

Ein beliebiger Nachmittag

Jobst verlässt mit Kathrin den Supermarkt. Der Hund winselt, er braucht Auslauf im Park. Ein Fremder tritt auf sie zu, spricht Jobst an und kommt gleich zur Sache. Er sei Bauingenieur, in Bochum vormals im Stadtplanungs-amt beschäftigt. Mit dem Wohnanhänger unterwegs, sammle er Eindrücke von Vorkriegsarchitektur zur Vor-bereitung eines Buches. Arbeitstitel: *Bauen in Nachkriegs-jahren.* Die Vorgeschichte neuzeitlicher Stadtplanung wolle er nicht auslassen, deshalb schaue sich nach Bei-spielen aus der Gründerzeit um. Von der nachhaltigen Bebauung dieses Areals zur Jahrhundertwende habe er gehört. Und wenn er schon auf einen aus dem Viertel treffe, erlaube er sich zu fragen, ob es den Bewohnern bewusst sei, dass sie sozusagen im Schoße eines kulturel-len Erbes leben.

Große Worte, und weshalb hat er ausgerechnet Jobst angesprochen? Vielleicht seines Erscheinungsbildes we-gen. Wie man es instinktiv tut, hält sich der am letzten Teil der Frage fest. *Was Sie suchen, ist für mich und all die Anderen hier Alltag,* beginnt er. Die Lustlosigkeit ist ihm anzumerken. *Mein Gott! Das Leben, das sind Momente und die Architektur eine Szenerie, die dazu mehr oder weniger* passt. Man hat sie als gegeben verinnerlicht – mehr oder weniger. Es wäre vermessen, aus eigenen Eindrücken und Gefühlen auf die anderer zu schließen. Letztendlich spielt meine Stimmung eine Rolle, wie ich mich in meinem Viertel fühle. Dazu trägt nicht zuletzt das Licht bei – und heute ist ein wunderschöner Tag!

Er weist auf den Eingang des Supermarktes. *Sehen Sie den, wie er hin und her tappt? Ja, der Dicke mit dem Pepita-Hut. Den Ausgang im Auge, wird er sich gleich anschleichen und seinem Opfer die Hand entgegen strecken: Man gibt ihm! Mitunter singt er Volkslieder, scheußlich falsch. Könnte sein, dass er meint, sie passen zum Viertel. Wer will ihm widersprechen? Er gehört hier eben zum Straßenbild, und vermutlich empfindet er das auch so. Also kommt es darauf an, wen sie fragen.*

Kathrin, binde bitte Balduin ab! Mir geht sein Gekläff auf den Nerv. Halt die Leine kurz, Mädel!

Aber nun lassen Sie mich weitergehen. Meine Kleine ist hungrig, ich übrigens auch, und das Tier wird ungeduldig. Auf das, was Sie suchen, stoßen Sie entlang der Parkanlage gegenüber. Ich würde Ihnen von hier aus einen Rundgang durch den Stadtteil empfehlen. Nehmen Sie sich zwei Stunden Zeit und trinken Sie zwischendurch einen Kaffee. Gelegenheiten dazu gibt es genügend. . . . Dann adieu - und nachhaltige Eindrücke!

Jobst, bist du mir böse, wenn ich dich etwas frage?

Wie soll ich's vorher wissen?

Dann frag' ich nicht! Ich will dich nicht böse sehen.

Also, frag' schon!

Weshalb warst du zu dem Mann so unfreundlich? Er hat sich doch nur nach Häusern erkundigt.

Unfreundlich?. . . Ungehalten, das gebe ich zu! Weißt du, wenn man an dieser Stelle zum x-ten Mal gefragt wird, wo man am besten beginnt unser Viertel kennenzulernen, geht einem das auf die Stimmung. . . . Kathrin, du erinnerst dich an den Besuch bei meiner Schwester. Ja?

Ja! Das ist die mit dem tollen Garten.

Stimmt! Aber nebenbei: Ich habe nur eine Schwester. - Und keinen Bruder? - Nein! - Dann geht's dir besser als mir: Ich habe überhaupt keine Geschwister.

Bleiben wir beim Thema! Also, dort wo sie wohnt, da hatten einige Leute in einer schlimmen Zeit wenig Geld zum Bauen - deshalb ist das Haus klein - und in der Gegend mit den großen Häusern früher andere ziemlich viel Geld. Dazwischen war Krieg.

Ach so, die Häuser, von denen manche aussehen, als würden Barbie und Ken darin wohnen.

Jobst lacht. *- So kann man das sehen! Jedenfalls reiche Leute von weit her. Denen gefiel unsere Stadt und die gute Luft so sehr, dass sie stattliche Häuser bauen ließen. Das war vor rund hundert Jahren. Für die interessiert sich der Herr aus Bochum.*

Dann leben ja diese Leute nicht mehr. - Nein, aber ihre Erben. - Also solche, wie du auch einer bist. Mama hat gesagt, du hast unser Haus geerbt.

So ist es! Aber mein Großvater hatte nicht ganz so viel Geld. Er musste sich erst eine Existenz als Konditor aufbauen und konnte sich dann ein Haus in bezahlbarer Lage kaufen. Deshalb steht es eng neben den Nachbarhäusern und ist auch nicht so üppig ausgestattet.

Was meinst du mit üppig?

Nun ja, mit Erkern und Balkonen, dem Kitsch an falschen Säulen und Giebel-Ornamenten aus nachgebildeten Pflanzen oder Blüten in angedeuteten Vasen als Fassadenschmuck.

Aber das ist doch schön, wenn Häuser geschmückt sind und nicht eins wie das andere aussieht und Bäume drum herum stehen.

Na siehst du, das meint der Mann sicher auch. Er glaubt, das anderen beschreiben zu sollen. Hätten seine Leser diese Zeiten erlebt, würden sie ein solches Buch kritisch sehen und nicht anderen empfehlen.

Du meinst, sie wären nicht stolz auf die Häuser ihres Viertels?

Ich sagte es ja, nur wenige im Land konnten es sich leisten so zu bauen. Und Reiche richten sich in ihrem Geschmack nach anderen Reichen. Neues entsteht dabei

selten. *Was soll das Bewundernswerte sein?*

Aber Reiche gibt es doch immer!

Das stimmt! Deshalb braucht es ein solches Buch nicht, denn es beschönigt einen Zustand, ohne nach den Bedingungen in der damaligen Zeit zu fragen.

Welche Bedingungen?

Nun, wie ich schon sagte: die wenigen viel erlaubten und den meisten wenig. Erstere sind die Kapitalisten und Letztere das Volk.

Dann gehörst du zu beiden, weil du ein Haus hast, aber keinen festen Beruf.

Ach Kathrin! Ich habe einerseits das zufällige Glück, ein Erbe zu sein, andererseits das Pech, mit dem, was ich gelernt habe, nicht gebraucht zu werden. Das lässt mich an manchem zweifeln, was ich sehe und erlebe. . . . Aber es gibt viele schöne Momente im Leben.

Welche zum Beispiel?

Herrje!, dass zum Beispiel ein Kind sagt, ich möchte mit dir spazieren gehen, mit dir Französisch lernen, mit dir Klavier spielen. - Und nun komm! Halt den Hund kurz! Sonst ist er vor uns auf dem Zebrastreifen.

Kathrin hüpft abwechselnd von einem weißen Streifen zum nächsten. Nach jedem Absprung schwingt der Rock um ihr Beine, als liefe sie auf Stelzen. Drüben angelangt, geht sie an Jobsts Hand weiter. Das findet der Hund normal und zieht an der Leine.

Jobst, sag' mal, hast du Mama schon vor mir gekannt?

Wie meinst du das?

Na, mich gab's noch nicht und Mama hat bei dir im Haus gewohnt. So war das doch?

Ja, so war das!

Ach, deshalb hat Mama gewusst, wen sie nach einer Woh-nung fragen konnte.

Wahrscheinlich war auch das so.

Sie sind auf dem Parkweg angelangt. Kathrin lässt Balduin von der Leine, der hetzt über das Gelände. Schweigend geht sie an der Kletterlandschaft aus Seilen vorbei, die sie sonst nicht auslässt, hält auch nicht vor der Pumpe und dem Wasserlauf. Unter ihren Schritten knirscht der feuchte Sand.

Balduin, hier! ruft Jobst, der Hund schaut auf. Kathrin rennt ihm entgegen und hält ihn am Halsband, bis Jobst mit der Leine kommt. Sie verlassen den Park, wechseln noch immer kein Wort. Dann sind sie vor dem Haus angelangt. Kathrin bückt sich und schaut unter dem Holunder nach einer am Boden pickenden Amsel. Der Hund kommt hinzu, stellt sich über dem Steinsockel auf die Vorderbeine. Die Amsel fliegt schimpfend auf.

Wenn du willst, helfe ich dir beim Unkrautjäten. Ich kann das, hab' das bei Oma gelernt. Man sticht in den Boden und zieht das Unkraut mit der Wurzel raus. . . . Hast du so ein rundes, unten scharfes Ding?

Nein, habe ich nicht.

Wir könnten auch was anderes nehmen, einen großen Schraubenzieher zum Beispiel.

Mach' dir keine Gedanken! Wir kochen jetzt einen Grieß-brei. Dazu gibt's Pflaumen.

Aus der Dose, die du vorhin gekauft hast?

Genau aus dieser! Ich habe sonst keine Dosen vorrätig.

Mama bringt immer irgendwelche Dosen mit. Für später, sagt sie, dann muss ich nicht lange überlegen.

Praktisch! Aber komm' jetzt!

Darf Balduin mit?

Ja, aber sobald er jault, wenn wir nachher Klavier spielen, bringst du ihn rauf.

*

Die Wochen vergehen und die Sommerferien nahen. Kathrin nimmt an einem Schwimmkurs teil. Dann fährt sie mit den Eltern drei Wochen nach Dänemark an die Ostsee. Gleich nach Ankunft schreibt sie ihm eine Karte.

Jobst vermisst Kathrin.

Am Tag nach ihrer Rückkehr steht sie am Morgen vor seiner Tür. Kaum dass er im Morgenmantel geöffnet hat, überrascht sie ihn mit der Mitteilung: *Du, ich kann jetzt im tiefen Wasser schwimmen! Papa ist mit mir geschwommen, da habe ich überhaupt keine Angst gehabt.*

Kathrins Besuche werden rar. Sie trifft sich nun häufiger mit Freundinnen. Zum Geburtstag hat sie ein Fahrrad bekommen. *Erwachende Außenbeziehungen! Sie ist kein kleines Kind mehr und sucht Kontakt zu Gleichaltrigen, wie du es auch getan hast,* tröstet sich Jobst.

Auch der Hund leidet.

An einem Freitag-Nachmittag gegen vier Uhr begegnet ihm Kathrin auf der Hauszufahrt. Sie schiebt das Rad zum Hof. Jobst hat ihr neben seiner Vespa einen Abstellplatz unter dem Schutzdach frei gemacht.

Von den Freundinnen zurück?

Nein, von der Klavierstunde.

Wie, du hast Klavierunterricht?

Ja, seit zwei Wochen. Mama hat gemeint, dass richtiger Klavierunterricht für mich besser ist, mit dir wäre das ja nur ein Spiel. Und Papa hat ein Keyboard gekauft, damit ich üben kann. . . . Bitte, entschuldige mich jetzt! Bevor Mama zurück ist, muss ich mit dem Hund raus.

*

Jobst wendet sich der Literatur zu, die er vernachlässigt hat, *La Voie royale,* dem Abenteuerroman von *André Malraux.* Claude hatte ihm das Buch überlassen, als er vor Rückversetzung seiner Einheit nach Frankreich den Spind räumte. 1962 war das. Seitdem stand das Buch unbeachtet zwischen anderen.

Jobst stimmte mit dem Autor darin überein, dass sowohl Angst und Ekel als auch Hoffnung als Grundgefühle das Wesen des Menschen prägen, und er ahnte den Schatten Sartres über den Buchseiten. Daraufhin las er Verlaine-Gedichte. Die verzauberten zwar im Augenblick, danach beschlichen ihn jedoch wieder Zweifel an der Gegenwart. Einerseits ängstigte ihn die Vorstellung einer Vaterschaft, andererseits der Ekel vor einer unausweichlichen Lüge, und er hoffte darauf, Wahrheit und Lüge würden sich in einer schicksalsschweren Entscheidung verbinden und ihm die Verantwortung für die Folgen eines längst gewesenen Momentes erlassen, selbstverständlich ohne den Kontakt zu dem Kind zu verlieren.

Seine Weise eines existentiellen Denkens, die das Türchen der Hoffnung auf ein gnädiges Eingreifen des Schicksals nie gänzlich zuzog.

*

An einem Abend läutete es an der Tür. Ungewöhnlich um diese Zeit. Er öffnete: Elisabeth! Ob sie ihn einen Moment lang sprechen könne?

Komm herein!

Jobst, ich möchte dir rechtzeitig mitteilen, dass Michael zum Zoll nach Weil versetzt ist - zum 1. Januar. Er wird Schichtdienst haben. Das bedeutet, dass wir wieder einmal umziehen müssen.

Wenn es so weit ist, gib mir Bescheid. In Weil und Umgebung werdet ihr so rasch keine Wohnung finden, Einzugsgebiet von Basel, Elisabeth!

Du, wir werden keine Mietwohnung brauchen. Eine Tante von Michael lebt in Eimeldingen. Sie ist alleinstehend und hat ein Haus. Sobald renoviert ist, ziehen wir im Dachgeschoss ein - zunächst einmal. Was sich dann ergibt, wird sich zeigen.

Die Würfel waren in diesem Moment geworfen. Jobst lächelte müde und Elisabeth ging aufgerichtet. Er setzte sich an den Flügel und schlug die Mondscheinsonate an. Nach wenigen Takten klappte er den Deckel zu, holte in der Küche ein Bier und setzte sich vor das Fernsehgerät – Tagesthemen im Ersten Programm. Das Weltgeschehen auf dem Bildschirm lief ohne ihn ab. Jobst grübelte.

Versetzt aus welchem Grund? Michael ist noch nicht lange auf seinem Posten. Hat er sich auf eine höher besoldete Stelle beworben? Das wäre zu verstehen. Vielleicht wird er an der Grenze als Steuerfahnder gebraucht, . . . oder in seinem Umfeld ist etwas schief geraten. Dann hätte er aber gute Gründe für eine Versetzung vorzubringen gehabt.

Er dachte an Kathrin, die ihn ja nun verlassen würde, und schwankte zwischen Wehmut und Erleichterung.

Am Nachmittag des folgenden Tages läutete es erneut an der Wohnungstür – Kathrin mit Hund! Bevor sie den Mund auftat, legte er ihr die Hand auf die Schulter, holte im Spagat mit der anderen die Parka vom Garderobenständer.

Komm, wir gehen!

Balduin winselte vor Freude, wie gewohnt. Gleichfalls wie gewohnt: rechts Balduin, Jobst in der Mitte, links Kathrin an der Hand - beide stumm, nur der Hund zog an der Leine und hechelte. Menschen sind kompliziert! Den Eindruck konnte man haben, sah man zu, wie sich Balduin vor und nach jeder Botschaft von Hunden an Hunde zu seinem Führungspersonal umwandte.

Sie waren im Park angelangt und hatten noch immer kein Wort gesprochen. Kathrin nahm Jobst die Hundeleine ab und rannte voraus zu einer Bank. Dort saß sie, baumelte mit den Beinen. Die Sohlen schliffen über den Boden und zogen Spuren. Nach einer Weile band sie den Hund ab. Der hockte sich auf die Hinterbeine und schaute Kathrin mit schief gelegtem Kopf an. Die griff in die Jackentasche und warf einen Würfel Hundekuchen in die Luft. Ohne sich vom Fleck zu rühren, schnappte Balduin nach der Leckerei. Dann legte er wieder den Kopf schief mit Blick auf das Mädchen.

Jobst ließ sich neben Kathrin auf die Bank fallen, schlug die Beine übereinander und streckte die Arme auf der Rückenlehne aus.

Jobst, gell du weißt . . .

Der Hund bellte, wollte mehr.

Ja, ich weiß!

Kathrin warf den nächsten Hundekuchen, diesmal weit ins Gelände. Der Hunde tobte davon.

Jobst, du magst mich doch. Oder?

Ganz bestimmt! Ach - verdammt nochmal! - wirklich und kein Oder!

Das ist gut! Wir könnten uns schreiben, manchmal telefonieren. Ja?

Kathrin schlug die Hände vors Gesicht und weinte still. Jobst legte ihr den Arm um die Schulter, blickte starr geradeaus, um nicht auch loszuheulen. Nach einer Weile sprang Kathrin auf und wischte sich mit den Handrücken die Tränen aus den Augen.

Komm jetzt Jobst! Wir gehen Kuchen kaufen, in der Bäckerei, die du so magst. Ich habe genügend Geld dabei. Dann kochen wir Kaffee und Kakao. Hast du Milch im Haus?

Nein, aber die bekommen wir im Bäckerladen.

Nun stand auch er auf, nahm Kathrin an der Hand. Die rief den Hund. Der witterte die nächste Leckerei und rannte herbei, die Schlappohren in Dauerbewegung.

Und anschließend spielen wir Klavier, wie früher, Jobst, und du zum Schluss den Bach, wie beim ersten Mal. Gell?

◆

Puzzleteile

Er nannte sich Romeo, einer der Älteren aus der Clique um Doris, unauffällig und doch präsent. Es gibt solche Menschen. Sie drängen nicht ins Zentrum, haben dennoch eine Meinung, behelligen nicht mit beständigen Verweisen auf ihre Erfahrungen, werfen allenfalls einen Satz ein, schweigen im übrigen, hören zu und beobachten.

Man meinte in der Gruppe, ihn zu kennen.

Woher er kam, aus Spanien, war allen klar. Das verrieten sein Akzent und eingeworfene Bemerkungen über Lebensgewohnheiten, wie zum Beispiel, dass er eine Paella den Pasta-Gerichten allemal vorziehe.

Romeo war schmächtig, hatte einen schwarzen Bart um das schmale Gesicht, aus dem eine hakenförmige Nase hervorragte. Sein dunkles, krauses Haar war kurz geschnitten und an den Schläfen von grauen Fäden durchzogen, sein Blick aus dunklen Augen mild und seine Gestik gelassen. Ob mit den Gastarbeitern gekommen oder schon vorher in Deutschland, das hatte ihn niemand gefragt. Man wusste, er arbeitet bei der Post und lebt mit einer Sylvia zusammen. Die konnte seine Frau oder Freundin sein, aber ebenso gut die Schwester. Von Kindern war nie die Rede.

Mit Sylvia hat man ihn niemals gesehen.

Sie schien ihm Ausrede und Begründung zu sein, wenn es um Aktionen ging. *Ich muss vorher Sylvia informieren. Sylvia würde nicht zustimmen. Sylvia braucht mich im Haus, sie arbeitet Schicht.* Sylvia, das Phantom, war seinen Bemerkungen nach fromm katholisch, hatte demzufolge andere Ansichten als er, die er respektierte. Sich selbst bezeichnete er als Atheist und Kommunist. Aus seiner Jackentasche ragte zuweilen *L'Humanité*, die Zeitung der kommunistischen Partei Frankreichs heraus, was seine politische Orientierung unterstrich und auf französische Sprachkenntnisse schließen ließ – eben Bildung, und die vereinzelte ihn in der Gruppe. Er war im Kreis geduldet, obschon er keinen erkennbaren Beitrag leistete. Der bestand allenfalls in sarkastischem Humor und nicht zuletzt darin, dass er der Gruppe einen Anstrich von Internationalität verlieh.

Kam die Frage auf, wie eine humane Gesellschaftsordnung zu erreichen sei, führten einige die Gleichheit aller in *Urgesellschaften* an. Man hielt ihnen vor, dass eine moderne Gesellschaft nicht in autonome Stammesverbände zurückzuführen sei. Der technische Fortschritt und die differenzierten Bedürfnisse nach Gütern schlössen von vorneherein *platte Gleichheit* aus.

Das war einzusehen.

Wie seien aber dann die vorhandenen Unterschiede zwischen Arm und Reich, zwischen Besitzlosen und Besitzenden zu beseitigen?

Das sei eben das Problem, zu dessen Lösung im momentanen Zustand nur ein revolutionärer Prozess führe. Die verfügbaren Produktionsmittel müssten der Kontrolle aller in einem Staat unterliegen und nicht ausschließlich einer Klasse Besitzender. Die diene mit der Akkumulation von Kapital aus erzielten Gewinnen ihren Interessen - eine Cliquenwirtschaft! Das Märchen von der Sozialen Marktwirtschaft nutze der besitzenden Klasse und nicht den Schwachen.

Deutete Romeo an, dass die Verhältnisse wohl etwas komplexer seien und eine *Kontrolle aller im Staat* wiederum ein Märchenglaube, hielt man ihm vor, die Entwicklung einer egalitären Gesellschaft kleingläubig zu unterlaufen. Nur wer das scheinbar Utopische beschreibe und schließlich fordere, könne die Massen überzeugen.

Wie sich bald zeigte, hatten die geistig Führenden der Gruppe im kleinen Kreis eine Entwicklung begonnen, die mit dem Protest der Studenten ihren Weg nach außen nahm, denn so oder ähnlich argumentierte man bald aus den Reihen des SDS heraus.

Aus der Gruppe um Doris schafften es zwei aufs Podium des SDS und fanden in der Regionalpresse Beachtung: Jochen L. und sie selbst als ausgebeuteter Lehrling eines Kleinunternehmers. Damit waren für beide die Türen zu Hinterzimmern tatsächlicher K-Gruppen und Beratungszirkel des SDS aufgestoßen. Doris zeigte kein Interesse mehr an der Gruppe der *Freizeit-Sozialisten*.

Das fiel in die Zeit, in der sie sich von Jobst trennte. Zweifel sind angebracht, ob sie tatsächlich mit einem Bekannten im VW-Bus nach Spanien gefahren ist. Ausgerechnet Doris in ein Land, in dem noch immer die Diktatur Francos bestand?

*

Es war an einem Freitagabend. Die Volkshochschule veranstaltete ein Konzert mit dem spanischen Gitarren-Duo *Dos Guitarras* mit Werken von Tárrega, dem *Chopin der Gitarre*, bis Flamenco. Das stand auf dem Plakat. Die Künstler zu hören und ihrem virtuosen Spiel zu folgen, ein Erlebnis! Jobst war begeistert, eilte nach dem Abflauen des Beifalls zum Podium und schwenkte den Presse-Ausweis. Ein schmächtiger Mann mit ergrautem Haarkranz fing ihn ab, blickte schmunzelnd auf den Ausweis, der Ordnung halber.

In einer halben Stunde begleite ich die Künstler in das spanische Restaurant Bodega. Geh' schon mal vor, Jobst. Ich werde versuchen, dass du mit beiden ins Gespräch kommst.

Romeo!

Der Abend drängte in die Nacht. Das Essen unterbrach das Gespräch mit den Künstlern - auch für Romeo, den Übersetzer, eine kleine Pause. Es fielen Fachbegriffe, Umschreibungen waren nicht zu vermeiden. Die spanischen Künstler nahmen das nachsichtig hin, jedoch war ihnen anzumerken, dass sie ein baldiges Ende des Gesprächs erwarteten. Am nächsten Vormittag ging für sie die Tournee weiter.

*

Der Wein ist noch nicht getrunken, Jobst und Romeo sind nun unter sich. Nach Jobsts Anmerkungen zur Rolle der spanischen Gitarre in der konzertanten Musik des 19. und 20. Jahrhunderts, die Romeo im Grunde nichts Neues sagen, erinnert der sofort an Doris. Das Thema sei durch, meint Jobst und leerte sein Glas, einen Rioja, den man eigentlich nicht so nebenbei hinunterkippen sollte.

Hör' mir zu! insistiert Romeo und versucht nachzuschenken. Noch gibt es die Flasche her. *Doris ist ganz anders, als du sie vermutlich in Erinnerung behalten hast. Doris ist eine mutige junge Frau, keineswegs eine willige Gespielin für diskrete Stunden.*

Sacht, doch nachdrücklich, schiebt Jobst Romeos

Hand mit der Flasche zurück. Zeichen, dass er nicht bereit ist, auf das Thema Doris einzugehen. Heftig setzt Romeo die Weinflasche auf dem Tisch ab, sieht Jobst demonstrativ ins Gesicht.

Jobst, *der Bekannte, den Doris nach Spanien begleitet hat, war ich!*

Der senkt die Augen, dreht mit dem Finger am Boden des Glases und starrt vor sich hin. In seinem Gedärm bohrt erneut der Dorn der Eifersucht. Romeo erfasst instinktiv Jobsts zwiespältige Gefühle und beginnt ausführlich zu erzählen, wie und weshalb es zu dieser Spanienreise mit Doris gekommen ist.

Anfang der Fünfziger musste ich Salamanca, meine Hei-matstadt, fluchtartig auf dunklen Wegen verlassen. Unter Pseudonym war ich als Theologiestudent Unterzeichner einer Flugschrift, die wir auf Fensterbrüstungen in den Fluren der Universität hinterlegt hatten. „Was haben sie verbrochen?" Unter dieser Überschrift wollten wir das Verschwinden von Kommilitonen öffentlich machen. Kein Wort der Anklage, nur die Frage und ihre Bilder! Augen und Ohren der Diktatur lauerten überall. Trotz aller Vorsicht begann das Suchen nach den Urhebern. Ich erhielt den Hinweis, dass mein Name auf einer Liste des Rektorats stand.

Jobst wechselt vom Sockel des Glases zur Kerze und beginnt am weichen Rand unter dem brennenden Docht das Stearin zu kneten.

In einer Diktatur liegen Tatsache und Lüge eng beisammen, fährt Romeo fort. *Du stellst dich auf jede Eventualität ein. Und nun musste ich befürchten, von zwei Seiten ins Verhör genommen zu werden: sowohl von der Staatsmacht als auch von der Kirche. Wer damit beginnen würde, war eigentlich gleichgültig. Am Ende steht ein Prozess und dessen Ausgang von vorneherein fest. Mein Vater, ein verbohrter Nationalist und meine Mutter, eine bigott fromme Frau, würden mir nicht helfen zu fliehen – ja, meine Flucht nicht einmal vorübergehend decken! Davon musste ich – leider! – ausgehen. Was tat ich? Der Schreibtischschublade meines Vaters entnahm ich vier-hundert Dollar und die Pistole und vertraute mich im Konvikt einem Priester an. Der flüsterte mir die Adresse eines beliebten Sport-Journalisten und ein Losungswort zu, das mich ihm als vertrauenswürdige Person zu erkennen gab. Der Mann durfte Auslandsbeziehungen unterhalten, ein Liberaler, der sich als*

Falangist ausgab. Vermutlich war er als Kurier für eine Oppositionsgruppe tätig.

Wozu die Pistole? erkundigt sich Jobst in gelangweiltem Ton, der die Dramatik in Romeos Bericht ohne Anteilnahme unterläuft.

Romeo streicht sich über das Haar - *Macht es Sinn, diesem naiven Egomanen jetzt mehr als das Nötigste zu sagen?* - und blickt Jobst durchdringend an.

Die Pistole? Die wäre für den Fall gewesen, dass ich aufflog.

So nüchtern, wie im Augenblick möglich, setzt er fort: *Ich erhielt eine erste Anlaufadresse im Baskenland und dort weitere. Ich will das jetzt nicht ausbreiten. Dieser Priester ließ mir nun die Nachricht zukommen – weiß der Himmel, woher er meine Anschrift kannte! -, dass meine Mutter im Sterben liege und nach ihrem einzigen Sohn frage. Inzwischen hatte ich einen deutschen Pass, kaufte den alten VW-Bus und erfuhr von Doris, dass eure Italienreise geplatzt sei. Das war für mich ein Signal! In Begleitung einer jungen Frau war ich sicherer als ein einzeln reisender Spanier mit deutschem Pass. Wir übernachteten in Klöstern, wo ich meinen Priester-Brief vorwies. Zu meiner Mutter gelangte ich von einem Kloster vor den Toren Salamancas aus, in Begleitung eines Mönchs. Der sprach mit den Nonnen des Altersheims. So durfte ich sie noch einmal sehen.*

Jobst spielt mit den Kügelchen, die er inzwischen geknetet hat.

Du kannst dir vielleicht vorstellen, setzte Romeo fort, *mit welchen Ängsten ich durch Spanien gefahren bin und wie ich aufgeatmet habe, als wir die Grenze zu Frankreich passiert hatten.*

Ja, mir vorstellbar, sagt Jobst und lässt nun endlich

die Finger von der Kerze. *Meine Eltern haben während des Krieges einen unterstützt, der durfte sich nicht in der Öffentlichkeit sehen lassen. Vielleicht ein geflohener Kriegsgefangener oder Fremdarbeiter.*

Ein unbeholfener Versuch, sich Romeos Ängsten anzunähern. Der weiß damit auch nichts anzufangen und kommt auf den Grund zu sprechen, weshalb er so weit ausgeholt hat.

Jobst, Doris hat mir Mut gemacht, wenn ich einfach umkehren wollte! Sie drängte mich, nicht aufzugeben, sagt er eindringlich. *Ich zweifelte so manches Mal an der in meinem Herkunftsland üblichen Verpflichtung eines Sohnes, an das Sterbebett der Mutter zu eilen. Zeit kannst du dir ja nicht nehmen! Meistens fuhr Doris den Bus über die Landstraßen Spaniens und ich sorgte für Orientierung. - So, nun weißt du Bescheid!*

Ach, Doris hat einen Führerschein?

Romeo ist kurz davor, Jobst den Wein ins Gesicht zu schütten, bringt es aber fertig, beiläufig anzumerken: *Übrigens, Doris arbeitet seit einiger Zeit in Berlin in einem Verlagskollektiv. Sie schreibt, dass sie erstmals in ihrem Leben eine sie ausfüllende Tätigkeit gefunden hat.*

Daraufhin ruft Romeo den Wirt. Der steht hinter der Theke und wäscht Gläser. Sie sind die letzten Gäste. Er kommt zum Tisch und meint trocken - *tu vino por cuenta de la casa, Romeo!* - und schiebt Jobst die Rechnung zu.

Ein Versuch - Frühjahr 1974

Fremdsprachenlehrer für Französisch, erstes und zweites Examen, gesucht, bevorzugt mit Auslandserfahrung.

Die Annonce einer in der Stadt ansässigen Privatschule im Werbeblatt des Anderen. Das klang solide. Jobst schrieb die Schulleitung an und wurde zu einem Gespräch eingeladen. Der erste Eindruck war wenig überzeugend: eine heruntergekommene Stadtvilla, die ihr Parkgelände beim Ausbau der Bundesstraße eingebüßt hatte - der zweite kaum besser: Der Herr Direktor, der sich gerne mit selbstgewähltem Titel ansprechen ließ, beschrieb die Schule offenherzig als Nischen-Institut zum öffentlichen Schulsystem. Daher bedürfe es besonderer pädagogischer Fähigkeiten und Fingerspitzengefühls im Umgang mit Schülern und Eltern.

Ja, die Stelle eines weiteren Französischlehrers sei noch unbesetzt. Er öffnete die Tür zum Sekretariat und sprach leise mit der Vorzimmerdame. Wenig später erschien eine schlanke ältere Dame in der Tür, vom ersten Moment an beeindruckend: selbstsicheres Auftreten und gepflegte Erscheinung, von den grellrot lackierten Fingernägeln über die abgestimmte Farbskala von Lippenstift, Lidschatten und Wimperntusche bis zu dem blau getönten grauen Haar, von einer Hornspange am Hinterkopf zum Dutt gehalten. In Betonung ihrer Wichtigkeit drehte sie die randlose Lesebrille in der Hand, ging auf Jobst zu und sprach ihn in perfektem Französisch an: Wo und bei wem er studiert habe, ob er Frankreich kenne, Kontakt zu Franzosen pflege und welche Literatur er in der Originalsprache gelesen habe? Bei *Verlaine* hob sie die Augenbrauen. Das konnte sowohl Beachtung als auch Distanz bedeuten. Jobst zögerte. Als er schließlich dessen Beziehungen zu Literatenkreisen seiner Zeit beschrieb, besonders die zu den Dichtern und unter diesen Arthur Rimbaud erwähnte, winkte sie ab. Das seltsame und verwirrende Verhältnis dieser beiden sei wohl nicht einmal für Fortgeschrittene der französischen Sprache eine angemessene Thematik und Asterix und Obelix im Original sprachlich folgen zu können, bereits eine Leistung.

Das war wohl scherzhaft gemeint, denn sie versicherte Jobst, seine Beziehung zur Literatur ihres Heimatlandes zu schätzen, und beglückwünschte ihn zu einer beinahe akzentfreien Aussprache. Und wenn es ihm gelänge, sich auf den speziellen Bildungsbedarf fünfzehn- bis zwanzigjähriger Jugendlicher einzustellen, vorwiegend männlich und im staatlichen Schulwesen vernachlässigt, sei er am rechten Ort.

Sprach's, wandte sich in der Tür nochmals um und winkte dezent. Ihre Verantwortung im Haus ließ offenbar keine längere Unterhaltung zu.

Hm, dann also, setzte der Herr Direktor unter Räuspern an, *könnten wir ja zusammenfinden!* Er skizzierte auf einem alten Steno-Block, den das Diktiergerät überflüssig gemacht hatte, die Eckdaten eines Anstellungsvertrages – und das entwickelte sich in überraschender Ausführlichkeit:

Zwei Lerngruppen, eine Anfänger 1, eine Fortgeschrittene 2 á vier Wochenstunden, macht acht Wochenstunden zu je 15 DM die Unterrichts   stunde   zu   45   Minuten; pro Unterrichtstag zwei Doppelstunden, Textvorbereitungen und Korrekturen eingeschlossen. Die Bezahlung erfolgt monatlich nach den tatsächlich gehaltenen Stunden.

Jobst rechnete nach: 8 Wochenstunden mal 15 DM gleich 120 DM, in einem Monat etwa 480 DM brutto. Kein wirklicher Sprung nach vorne! Doch wenigstens eine ihm angemessene Beschäftigung.

Der Herr Direktor fuhr fort: ... Die Anstellung ist jederzeit aus organisatorischen Gründen widerrufbar, gilt grundsätzlich für ein Schuljahr, in diesem Fall vom 1. April 1974 bis zum 31. Juli 1975. Danach ist eine Verlängerung des Vertrages zwar vorgesehen, muss jedoch im August 1975 von der Schule schriftlich mitgeteilt werden. Erfolgt diese Mitteilung nicht, gilt das Vertragsverhältnis als abgelaufen.

Nur Mut, junger Mann! Sie sind in Ihrem Fach kein Anfänger, haben ein Referendariat absolviert, kennen den Schulbetrieb somit von innen, und gekocht wird überall mit Wasser!

Er erwarte bis Anfang nächster Woche eine Zu- oder Absage.

Der Andere lachte trocken, als Jobst ihm das Angebot beschrieb. *Fünfzehn Mark für die Stunde? Ausbeutung! Ein Oberstufenschüler erhält zehn Mark für die Nachhilfestunde und du hast ein Studium samt Lehrerausbildung abgeschlossen! Zudem Vertragsbedingungen, die einem Minimum an sozialer Verantwortung Hohn sprechen.*

Dann dachte er nach und meinte, dass er ihm Aufträge in diesem Umfang nicht zuteilen könne. Außerdem, die Berufserfahrung als Lehrer - *sagen wir mal von zwei Jahren* - schade ihm nicht, falls er sich nochmals um eine Stelle bei der Schulbehörde bewerben sollte. Es sei ja nicht vorauszusehen, ob der offensichtlich bestehende Lehrermangel die Landesregierung nicht doch veranlasse, ihre Einstellungspraxis zu überdenken.

Am 23. April 1974 trat Jobst seine neue Stelle an. Dienstags und freitags hatte er je eine Doppelstunde in zwei Lerngruppen, Häuflein von vierzehn und zwölf Schülern. Da er mitten im zweiten Schulhalbjahr eine abgesprungene Lehrkraft ersetzte, war der Anschluss im Lehrbuch vorgegeben. Das hatte man ihm gesagt, aber nicht den wahren Zustand der Lerngruppen beschrieben. Jobst ging davon aus, eine Vorstellungsrunde würde aufwärmen und er darauf nach Lieblingsfächern und Hobbys fragen, sich erkundigen, wer gegebenenfalls wann und wo schon mal in Frankreich gewesen sei, eventuell dort sogar eine Zeit lang mit den Eltern gelebt habe.

Selbstverständlich alles auf Französisch!

Unter Stottern und Gekicher lief die Vorstellungsrunde in der ersten Gruppe ab, - na schön, Anfänger! –, in der zweiten unter zeitweiligem Gegröle, da Schüchterne von einigen Vorlauten mit Eigenschaften belegt wurden, wie *paresseux, amoureux, l'imbécile, rapporteur, philosophe de la classe, chéri(e) de maman ou del professeurs*. **Des professeurs!** warf Jobst ein und forderte die Zwischenrufer auf, die verwendeten Ausdrücke an die Tafel zu schreiben. Empörtes Gekreische: *Das hat immer unsere Lehrerin gemacht!*

Jobst: *Alors, nous parlons français – exclusivement français!*

Bücher, Hefte klatschten auf Tische; einige taten so, als wollten sie den Raum verlassen, ließen sich dann doch auf Stühle fallen und zogen demonstrativ Vesperbrote hervor, unterhielten sich laut, was der vorne sich wohl einbilde!

Die Stunde, kaum begonnen, schien gelaufen. Damit hatte Jobst nicht gerechnet. Aus Verzweiflung begann er laut Kinderlieder zu singen: *Sur le pont d'Avignon* - lauthals fiel die Gruppe ein – *on y danse, on y danse . . .* und klatschte im Takt, aggressiv und belustigt. Den Kerl von Lehrer wollte man mit seinen eigenen Mitteln ausheben. Vorerfahrungen solcher Art brachten schließlich einige mit. In den ausklingenden Tumult stimmte Jobst dann den Kanon *Frère Jacques, frère Jacques* an und setzte darauf, dass er ebenso von der Gruppe angenommen würde, nur eben mit dem kleinen Unterschied, dass er nur gelingen konnte, wenn der Versatz der Kanon-Elemente klappte.

Er hob die Arme, teilte linke und rechte Seite ein und schwang sie zum Zeichen des Einsetzens. Die Bande folgte ihm, das Herausbrüllen entwickelte sich zu einem wirklichen Kanon. Die Harmonie wirkte und plötzlich herrschte Ordnung im Raum. Der letzte Vers verklang und Jobst griff zum Französisch-Buch. *Page vingt e huit, s'il vous plaît!*, sagte er entschieden.

Jobst überkamen Zweifel, ob diese Form von Unterricht im Moment der richtige Weg sei. Er legte das Lehrbuch auf die aufgeschlagenen Seiten und sagte deutlich: *La prochaine fois je vous présente une plaque avec des chansons, que nous pouvons chanter – là je suis sûr.*

Breite Zustimmung und ein Durcheinander eingeworfener Titel und Interpreten.

Alles hing also in der folgenden Doppelstunde vom Akzeptieren eines Chansons ab. Jobst entschied sich für France Gall und ihren Eurovisionssong *Poupée de cire, Poupée de son*. Ein Platten-Shop hatte die Single auf Lager, den Text nicht. Den erhielt er im *Institut Français* und durfte ihn auch gleich in erlaubter Zahl kopieren.

Die Doppelstunde war ein voller Erfolg!

Ein Schönheitsfehler: Man kannte selbstverständlich die deutschen Chansons der France Gall und stimmte lautstark *A Banda* und *Der Computer Nr. 3* an.

Ein Erfolg auch dank Céline, der Tochter eines deutschen Ingenieurs und einer ehemaligen Stewardess bei *Air France*. Céline spricht mit der Mutter französisch und beherrscht die Umgangssprache; die Schriftsprache blieb ihr fremd. Die deutsche Schule passierte das intelligente Mädchen im Schleudergang - von der Mutter hingenommen, jedoch nicht vom Vater. Der bestand auf einem soliden Schulabschluss, und der konnte für ihn nur das Abitur sein. Daher ihr Alter von zwanzig Jahren, der Führerschein und das Käfer-Cabrio der Mutter. Eine überzeugende Erscheinung für Mitschüler - und überhaupt, das blonde langbeinige Wesen im Minirock, nicht nur für die! Trotz dieser Vorzüge war Céline ernsthaft, d.h. bereit zur Mitarbeit und zur Übernahme von Verantwortung. Ein Beitrag im Unterricht von Céline, ein Wort von ihr in die Runde, und die Vorlauten verstummten, das Arbeiten lief an. Das wirkte sich auch auf die Anfänger-Gruppe aus. Die Jüngeren bekamen selbstverständlich auf Fluren und dem Pausenhof mit, was Ältere über Lehrer sagten.

Jobst achtete auf Interessen der Schüler, die ihn zu Ideen anregten. Er entwarf Texte zusätzlich zum Lehrbuch, abgestimmt auf die jeweiligen Mängel an Wortschatz und Grammatik: französische Lebensgewohnheiten, Mode, Filme und Darsteller. Auch die Geschichte bezog er ein, wenn sie für das Gegenwartsverständnis etwas hergab. Zum Beispiel fanden die Schüler lustig, dass *poubelle* nicht wörtlich übersetzt Abfalleimer bedeute, sondern *Poubelle* der Eigenname eines im 19. Jahrhundert verantwortlichen Präfekten war, der für das von ihm eingeführte Gefäßsystem – übrigens, unter Beachtung der Mülltrennung! - und seine Leerung steht.

Jobst stürzte sich in Arbeit.

Das ging so lange gut, bis ihm im Abschlussjahr der älteren Gruppe eine Französisch-Lehrerin mit Abiturerfahrung quasi vor die Nase gesetzt wurde. Die Neue, als Mutter dreier Kinder vom öffentlichen Schuldienst beurlaubt, erlaubte sich nun diese Nebenbeschäftigung. Sie ließ Probearbeit auf Probearbeit schreiben, schlug die Rückführung einzelner Schüler in untere Kurse vor und beschäftigte Jobst mit Kurzbewertungen der im Vorjahr erbrachten individuellen Leistungen. Jobst hatte seinen Schülern das Lernen des Lernens erschlossen. Das spielte aber für sie und die sie stützende Schulleitung keine Rolle.

Jobst kündigt im Sommer 1977. Der Andere, den er aufsucht, lacht herzhaft und meint, so habe er das kommen sehen. Jobst ließe sich, wie er ihn kenne, gewiss nicht wie der Hilfsarbeiter einer Baustoffhandlung abspeisen, dessen Tätigkeit im automatisierten Hochregallager überflüssig wird – und am Steuerpult ausgerechnet eine Frau!

Die Stadt kennt der Andere besser als den Inhalt seiner Schreibtischschubladen. Er sucht umständlich nach einem Zettel, darauf die Telefonnummer eines Hotelmanagers. Der habe ihm vor Wochen gesagt, dass er einen Klavierspieler für die Lounge brauche – mittwochs von 16 bis 19 Uhr, freitags und samstags von 21 bis 24 Uhr und bei Anlässen, wie Hochzeiten, runden Geburtstagen älterer Herrschaften etc. abrufbereit. Stundenvergütung zwanzig Mark!

Jobst rechnet – wieder einmal – nach: fest 180 Mark die Woche, macht 720 Mark monatlich plus Zusätzliches, eventuell zweimal drei Stunden, also 120 Mark. In der Summe ein besser bezahlter Job, als der eines Französisch-Knechts an der Privatschule!

Impression - Herbst 1977

Er kauert auf dem Hocker, schwarz wie das Klavier, eingesessenes Leder, zupft nervös an den weißen Manschetten. Sein Oberkörper richtet sich auf, er hebt die Arme und breitet sie über dem Tastenband aus, Hände und Finger leicht angewinkelt. Im Neigen des Kopfes gibt er sich das Zeichen. Die Hände greifen in das Haifischmaul des Klavieres. Sie huschen über die Zahnreihe der Tasten, als könne das Klavier im nächsten Moment das Maul schließen und sie verschlingen. Gelbliches Licht der Messinglampe über dem Notenhalter zeichnet schwache Schattenbilder der im Rhythmus eilenden, über die Tasten streichenden Finger. Stoisch glänzt das Klavier in seinem schwarzen Lackkleid.

Der Deckel fällt nicht zu.

Ein Tango schmeichelt durch den Raum.

Gespräche verstummen.

Im diffusen Licht der Lounge folgt ein Swing-Blues, dann *Summertime*. Erwin Berlin, Gershwin und sogar J.S. Bach, gespielt wie Jacques Loussier das tun würde, sprechen für den neuen Bar-Pianisten - diskreter Beifall! Jobst greift zum Glas mit Mineralwasser, atmet durch! Keine meuternde Klasse im Rücken, keine Bedrohung durch den Leistungsdruck der Kollegin, auch kein Hausmeister, der das Aufstuhlen nach Unterrichtsende anmahnt.

Applaus im vornehmen Ambiente.

Eiswürfel schmelzen in Drinks.

Einsam am Klavier überspielt er das Murmeln der Gäste in Clubsesseln, auf Couchen über Glastischchen gebeugt, einzelne mit verschränkten Armen lauschend. Der Mann hinter der Bar klopft verhalten den Kaffeesatz der Espressomaschine in die Resteschublade, hantiert lautlos an Hebeln. Die Maschine beginnt zu zischen. Jobst wechselt von Moll nach Dur.

Zurechtgerückt

Drei Stunden später sitzt er im Personalraum , ein Teller-chen mit Kartoffelsalat, kaltem Braten und einer aufge-schnittenen Gewürzgurke vor sich und in Reichweite ein Bier. Ununterbrochen schwingt die Pendeltür: man kommt und geht - Schichtwechsel für einen Teil der Be-legschaft. Während im Restaurant die Menüwünsche aufgenommen werden, fährt er die Vespa über die Ram-pe der Tiefgarage.

Mittwoch, erster Arbeitstag nach Dienstschluss.

Jobst hat jetzt eine feste Anstellung, eine Art Halbtagsjob, sozialversichert und versteuert. Der Andere gratuliert. Nun, einem Barpianisten öffne sich zwar nicht die Tür zum Konzertsaal, aber gewiss zu neuen Erfahrungen. Die brauche er, um die kleinen Chancen zu erkennen.

Was hast du davon, einem Traum hinterherzulaufen? Das Leben ist ein Würfelspiel. Zwar eine abgedroschene Phrase, doch zutreffend. Ich gestehe dir, wie auch mir zu, dass wir nicht immer so recht wissen, wo wir uns gerade befinden, worum wir uns mühen – und vor allem nicht weshalb! betont er, schaut auf seine Hände.

Was ich zur Zeit anfasse, sind im Grunde Nebensächlichkeiten. Ich platziere Werbung, mische Texte unter, klein und allgemein, um ja nicht das Geschäft zu verderben, und habe Germanistik studiert, nach dem Edlen, Schönen, geistig Aufregenden gesucht, mir vorgenommen, der Sprache einen Raum zu geben. Und worin besteht der jetzt? Er stöhnt auf. *Den Konsumenten mitzuteilen, welche Zahnpasta ihre Zähne laut Testbericht blendend weiß hält, wo das Schnäppchen der Saison auf sie wartet.*

Jobst, es ist so: Wir laufen in einer Spirale und brechen aus ihr nicht aus, weil wir hoffen, sie führe uns letztendlich dorthin, wo wir glauben mit unseren Träumen hinzugehören. Du siehst dich am Flügel eines Konzertsaals, ich mich in einem gut gefüllten Auditorium bei einer Lesung aus meinem ersten Roman. . . Dann löschen wir das Licht, und am nächsten Tag setzen wir dort an, wo wir am Vortag die Schuhe abgestreift haben. Weiß Gott, Jobst, die Sonne scheint nicht jeden Tag! Doch tut sie es zu einer Stunde, dann beschwere dich nicht über die Schatten.

Die Gäste mochten sein Spiel. *Gehen wir am Abend noch bei Jobst vorbei?* Das füllte die Lounge, und die Sache lief für ihn befriedigend. Wieder einmal vorerst! Dann wurde das Hotel - im Besitz einer alteingesessenen Familie - an eine international operierende Kette verkauft. Ausschlaggebend war das freie Gelände hinter dem Gebäude, denn sechzig Gastzimmer sind im modernen Hotelgewerbe keine Geschäftsgrundlage. Die bedarf größerer Kapazitäten, schon der Personalkosten wegen. Ein Gästehaus stand in Planung, alle Arbeitsverträge wurden fristgerecht gekündigt. Wer seinen Arbeitsplatz behalten wollte, konnte sich auf die Wiedereröffnung hin bewerben, Arbeitszeit und Bezahlung neu verhandeln. Der Betrieb lief folglich noch ein halbes Jahr weiter. Schon zuvor fielen die Bäume im Park zwischen Altbau und Fluss. Die Planierraupe rückte an und hob die Baugrube aus; eine lehmige Lkw-Spur verband das Gelände mit der Straße. Kaum noch von abendlicher Idylle zu sprechen - bei Jobst, dem Pianisten und Carol, dem Barkeeper in der Lounge!

Jobst fragte keine Neuverhandlung des Vertrages nach. Seine Funktion werden Deckenlautsprecher in Lounge und Bar übernehmen. Davon ging er aus und hatte wohl Recht behalten. Am letzten Samstag im Juni 1980 schloss er an diesem Ort den Klavierdeckel endgültig. Ein älteres Paar – Stammgäste – kam zu ihm, legte ohne Worte einen Rosenstrauß aus dem Garten auf dem Klavier ab und umarmte ihn herzlich: die Beerdigung ihres musikalischen Treffpunktes ohne Traueransprache.

◆

Standpunkte

Jobst im Gespräch mit Roland - 2007

Nichts war mehr wie vorher, Roland! Kathrin ist mir in manchem ähnlich, so verdammt ähnlich.

Du bist dir sicher?

Was heißt hier sicher? Ich kann rechnen und er auch, ein Fetischist der Zahlenkolonnen. Kathrin ist mittlerweile vierundzwanzig und einer macht ihr und anderen glauben, dass er ihr Vater ist ,- dieser Michael, an dem ich nichts finde, was mich für ihn einnehmen könnte – eine behäbige Beamtengestalt. Aber er hat sich für das Kind entschieden, und ich habe das zu akzeptieren. Seine plötzliche Versetzung nach Weil? - Ganz klar! Er wollte Fakten schaffen! Er hat nach einem Zustand gesucht, in dem ihn Kathrins Beziehung zu mir nicht belastet. Kathrin ist seine Tochter – und damit basta!

Machst du dir das nicht zu einfach?

Was sollte am Abbruch der Beziehung zu Kathrin für mich einfach gewesen sein? Und dann für sie? Man wird ihr gesagt haben, dass der Umzug notwendig ist, weil . . . Man kann ein Kind vollpacken mit Begründungen, es wird immer auch das nicht Gesagte ahnen. Kathrin ist sensibel und denkt nach.

Folglich hast du damit gerechnet, dass sie irgend-wann von selbst die Frage nach der Vaterschaft aufwirft. Inzwischen wird auch sie nachgerechnet haben. Bei eurer Ähnlichkeit, nicht nur im Äußeren, ist das doch für sie eine Frage der Identität!

Eine solche Frage ergab sich für ein Kind in ihrem Alter nicht, höchstens später im Stillen mit den Zweifeln an der Welt der Erwachsenen, die in der Pubertät einfach entstehen. Es lag und liegt noch immer an Elisabeth, ihr Klarheit zu geben. Michael werfe ich da gar nichts vor. Er hat seine Vaterrolle verinnerlicht.

Und du hast es bis jetzt auch nicht gewagt, gegenüber einer jungen Erwachsenen deine Vermutung anzusprechen?

Welche Folge hätte das gehabt? . . . Einen Riss durch die funktionierende Familie, und ich selbst habe nichts zu bieten, als das Spiel auf einem Flügel.

Einem Traum bin ich hinterhergelaufen und am Ende eine Art Bohemien mit Hausbesitz geworden, ein Freizeitpianist, ein Lehrer ohne Schüler, ein gelegentlicher Schreiberling von des Anderen Gnaden – nirgendwo von niemandem nachgefragt.

Ich brauche mir die Liste meiner Nachlässigkeiten nicht aufzuzählen - zu spät für ein geordnetes Leben im Beruf und mit Familie.

Ich bin nun sechsundsechzig und verkaufe CDs, Musik-Videos und den ganzen Kram. Ein Warenkorb, der beinahe wöchentlich von neuen Produkten aufgemischt wird. Nächstes Jahr muss ich aufhören und dann mit der knappen Rente vorliebnehmen, die mir der Andere mit diesem Job erst ermöglicht hat.

Das habe ich von meiner Sturheit!

Es ist schon eine Schande, das sollte ich mir eingestehen, wenn einer wie ich so spät begreift.

Da war ein Kind, streifte mit mir durchs Viertel – ein Viertel in seiner in Stein ausgedrückten Arroganz einer gewesenen Zeit und trotzdem meins . . .

Eine gewisse Sinnfälligkeit . . .?

Mag sein! . . . Wir verbringen viele Stunden miteinander. Kathrin lernt mit mir Französisch. Sie beginnt mit mir Klavier zu spielen – wirklich ein Spiel und keine Dressur! Wir haben unser Vesper-Ritual und natürlich Balduin, dieses gemeinschaftssüchtige Vieh.

Ich habe mich noch nie so gut gefühlt! Was ich arrangierte und getan habe, das war für ein dankbares, der Zuwendung fähiges Kind. Ich wusste im Grunde, dass ich mich entscheiden musste, etwas zu tun.

Aber was nur nach diesem plötzlichen Ende?

Von einem durfte ich nicht ausgehen, wollte es auch nicht: dass Kathrin sich in einen Zug setzt, um ein paar Stunden mit mir zusammen zu sein. Das wäre doch eine veranstaltete Besuchssituation gewesen.

Ich war zu vielem bereit und stellte mir sogar vor, mich hier in der Stadt als Hausmeister an einer Waldorfschule zu bewerben.

So verrückt ist der Gedanke gar nicht, lieber Jobst, meinte der Andere. Du hast eine vollständige Lehrerausbildung, wirst dich als musische Hilfskraft bewähren und irgendwann funkt dort die Idee, dir mehr zuzutrauen. Wenn nicht dort, bei den

Jüngern und Maiden Rudolf Steiners, wo denn sonst in deinem Fall?

Hast du es denn getan?

Nein, am Ende doch nicht! - Roland, damit du begreifen kannst, wie weit damals meine Fantasie reichte, führe ich heute den gesponnenen Faden weiter: Kathrin würde davon erfahren, sagte ich mir, bedrückt von Problemen, die ein fantasiebegabtes Kind im Regelschulwesen mit sich trägt, dem vor Prüfungen bangt. Die Eltern haben keine andere Lösung anzubieten, als lernen, lernen, sich anpassen! Ja, und dann wollte ich Retter in der Not sein, gut genug für einen neuen Anlauf. Kathrin hätte zu mir an die Schule kommen können . . . erst recht, wenn ich mich bereit zeigte, einen Teil des Schulgeldes zu tragen. Ein Hausmeister verdient zwar nicht viel, ein Waldorf-Lehrer wahrscheinlich nur unbedeutend mehr. Was soll's! Die Voraussicht meiner Eltern, mir zur Grundsicherung ein Haus zu vererben, wäre die Basis für ein Leben gewesen, das nun einen Sinn machte. Ich wollte den Schulhof fegen, im Winter Schnee schippen, die Holzspäne-Heizung überwachen und in der Pause frisches Obst und Körnerbrötchen verkaufen. Es wird der Tag kommen, träumte ich, an dem ich mit Kathrin anlässlich einer Schulfeier am Flügel sitze, vierhändig Debussys ‚Petite Suite' mit ihr spiele, ich in meiner grauen Kutte und sie im Rock aus selbstgewebtem Stoff und . . .

Und? Was ist aus Kathrin geworden?

Du, sie studiert in Tübingen Sozialpädagogik. Nach einem Praktikum in einer großen Schule, einer Art Gesamtschule, hat sie die Vorstellung entwickelt, später als Sozialpädagogin zu arbeiten. Der konfliktreiche Alltag an Schulen bedürfe qualifi-

zierter Personen, die krisenhafte Situationen erkennen und zu
vermitteln verstehen, sagt sie.

Steht ihr denn in regelmäßiger Verbindung?

Ja und nein! Der Wechsel nach Weil brachte sie zunächst –
nicht nur räumlich – in Distanz zu mir. So war das ja wohl
auch gewünscht!

Dann begann sie Gitarre zu spielen. Eines Tages stand
sie mit Gitarrenkoffer vor meiner Tür.

Ach! Was bewegte sie denn dazu?

Nichts Konkretes – es war wohl eine Art Sehnsucht der
Sechzehnjährigen nach der Kindheit und nach ihren musikali-
schen Anfängen mit mir. Sie kam bereits recht ordentlich mit
dem Instrument zurecht und konnte auch schon nach Gehör
spielen. Wir begannen mit Bach, versuchten dies und das und
hatten wieder unseren alten Spaß. Daraus entwickelte sich ein
unregelmäßiger Kontakt, und so ist es geblieben. Sie ruft an –
und dann ist sie da!

Michael

Nachdem Jobst meinen Textentwurf bis zu dieser Stelle
gelesen hatte, rief er an. An einem Sonntagnachmittag
trafen wir uns bei ihm. Bevor wir ein Wort über den Text
gesprochen hatten, setzte er sich an den Flügel und spielte *Träumerei* aus den Kinderszenen von Robert Schu-
mann. In diesen wenigen Minuten ein anrührendes Zeichen, das mir, dem musikalischen Laien, eindrücklich

bewusst machte, dass Musik erheblich mehr sein kann, als Freude an klanglicher Gestaltung eines Moments. Hier war sie das Fenster, das den Blick auf eine Seelenlage freigab. Hielt ich schon die Wahl des Stücks für einen bewusst von ihm gegebenen Hinweis, nahm mich das melodische Schwingen der Romantik mit in die Vorstellungswelt eines Menschen, der, wie sich bald zeigte, an einem Wendepunkt angelangt war.

Roland, sagte er, *setz dich!*

Bis zu diesem Augenblick stand ich am Flügel und lauschte, war auch nicht in der Lage, mich selbstverständlich zu setzen und ihn auf den Grund unseres Treffens anzusprechen.

Jobst griff nach einem Briefkuvert, das vor ihm lag, entnahm mehrere Blätter, einseitig ausgedruckt, und begann mir, an den Flügel gelehnt, vorzulesen.

Lieber Herr Teinhard,

an einem Sonntag Anfang Herbst 1982, das Datum will ich hier nicht preisgeben, stand ich im Bahnhof von Kaiserslautern vor dem Fahrplananschlag. Ich hatte mich kurz entschlossen, nach Saarbrücken zu fahren. Die Stadt kannte ich noch nicht, war ja erst seit einem Monat hier beim Finanzamt – meine zweite Stelle.

Ich hatte vom Zoo in Saarbrücken gehört, auch von der städtischen Kunstsammlung. Tiere oder Kunst, das war mir egal. Hauptsache raus aus dieser Stadt, keine Sammlung von

Gesetzen und Verordnungen in einer engen Bude studieren, über dem Flur die hinter der offenen Küchentür lauernde Vermieterin. Der war jede Gelegenheit recht, mich zu einem Kaffee an den Küchentisch zu locken, um mich nach meiner Familie auszufragen.

Am erwähnten Sonntag stand auf dem Bahnhof neben mir eine junge Frau, streifte mit dem Finger über die Abfahrtstafel und suchte eine Zugverbindung. Das tat sie unschlüssig und umständlich und verdeckte mir die Sicht. Ich fragte, ob ich ihr bei der Auswahl eines Zielortes behilflich sein dürfe. „Egal, nur weg von hier!" sagte sie. „Dann kommen Sie mit mir. Ich will nach Saarbrücken in den Zoo." Das war direkt und kess. Sie kam mit!

Selbstverständlich landeten wir in einem Café. Mit mir ist das so, und sie schwärmte auf der kurzen Strecke nach Saarbrücken von Torten, und dabei stellten wir fest, dass wir beide aus der gleichen Stadt stammen, vom selben Café die Torten mochten. Wir hatten Gesprächsstoff.

Zum Besuch des Zoos kam es nicht. Ich erfuhr von einer Tragödie: Einem herrschsüchtigen Liebhaber entflohen, von einem bigotten Bruder und seiner Familie aufgenommen, auf Arbeits- und Wohnungssuche und im zweiten Monat schwanger. Über die Schwangerschaft traue sie sich gegenüber dem Bruder und seiner Frau nicht zu äußern. Sie sei völlig verzweifelt und spreche mit mir, einem Unbekannten, zum ersten Mal über ihre Lage. Sie könne jetzt nicht anders, und ich möge ihr die Offenheit nachsehen. Das musste ich einfach, weil sie mir so leid tat, so ratlos war und so hübsch. Eine Szene wie in einem Kitschfilm, aber hier leider die Wirklichkeit.

Nun gut, ich bin keiner, der an die Macht des Blutes glaubt. Den Glauben hat mir mein jähzorniger Vater beizeiten ausgetrieben, der meine Mutter schlug, die sich nicht wehrte. Mich übrigens auch aus geringstem Anlass. Einer, dem keine Arbeit gut genug war, wie ich viel später erfuhr, denn er verschwand eines Tages, als ich noch klein war. Meine Mutter sagte mir auch, dass alte Freunde nach ihm suchten, von denen er Geld für seltsame Geschäfte geliehen hatte, und dass er vermutlich nach Südamerika gegangen ist. Sie meldete ihn als vermisst, schrieb Briefe an Behörden und wartete. Schließlich wurde mein Vater für tot erklärt. Sie war noch jung, hatte mich ja als Achtzehnjährige bekommen und heiratete wieder.

Ich kam vom Regen in die Traufe, wie man sagt. Mein Stiefvater interessierte sich nicht für mich, denn ich hatte bald zwei süße Schwestern, Zwillinge. Um die drehte sich alles. Ich lief so nebenher, der Sohn eines Kriminellen. Das hat zwar keiner gesagt, doch ich fühlte es.

Meine Erinnerung an diese Kindheit war der Grund, weshalb ich die junge Frau an jenem Sonntag nicht einfach sich selbst überlassen konnte. Sie tat mir nicht nur leid! Wir blieben in Kontakt. Ich fand eine Zweizimmerwohnung, wir heirateten, und bald kam Kathrin. Ja, meine Kathrin, für die ich mich entschieden hatte! Man kann auch auf diese Weise ein Vater werden. Und weil wir Kathrin nicht verunsichern wollten – sie sollte unsere ungeteilte Aufmerksamkeit haben -, verzichteten wir auf ein weiteres Kind.

Ich ahnte Kathrins Vorgeschichte eher als ich davon wusste. Elisabeth hatte sich für mich als Vater ihres ungeborenen Kindes entschieden. An ihrer Treue habe ich nie gezweifelt. Auch später nicht, als diese Sache mit der Wohnung bei Ihnen im Haus passierte.

Ich bewarb mich um eine Stelle in unserer gemeinsamen Heimatstadt und wurde versetzt. Wer in der Rheinebene zwischen Schwarzwald und Vogesen aufgewachsen ist, bei der Weinlese an den Hängen der Hügel im Markgräflerland regelmäßig geholfen hat, Straßburg und Basel kennt, vermisst in der hinteren Pfalz etwas. Ich habe auch Verwandte in der Gegend: Tante Verena und Onkel Theo in Eimeldingen zwischen Isteiner Klotz und Weil am Rhein. Bei denen verbrachte ich oft meine Schulferien. Der Onkel ist vor zwei Jahren verstorben und Tante Verena alleine.

Elisabeths Schicksal ist meinem nicht unähnlich. Ihre Mutter ist 1954 nach der Scheidung von einem FDGB-Funktionär, den sie in einem Ferienlager kennengelernt hatte, mit ihr als Kleinkind aus der DDR geflohen. Auch sie hat wieder geheiratet, einen wesentlich älteren Mann. Elisabeth bekam einen Bruder, eben den in Kaiserslautern. Der Stiefvater stammte aus Flensburg und wollte nach dem Eintritt in die Rente zurück an die Küste. Elisabeth ist geblieben – zunächst in einem Heim der Diakonissen, nach ihrer Ausbildung in möblierten Zimmern, bis sie diesen Matthias traf und mit ihm bei Ihnen eine Wohnung fand. Aber vielleicht wissen Sie das alles bereits von ihr.

Mir wurde Kathrins Nähe zu Ihnen, Herr Teinhard, unheimlich. Elisabeth hat mir nicht gesagt, dass sie mit Ihnen lebte, nachdem sie dieser Matthias verlassen hatte. Ich habe ja Augen im Kopf und bald eine gewisse Ähnlichkeit zwischen Kathrin und Ihnen bemerkt, auch ihre Neigung zur Musik.

Was sollte ich tun? Elisabeth, die ich nun endlich nach Ka-
thrins Vorgeschichte befragte, druckste herum und gestand
dann, dass es möglich sei, Sie für den biologischen Vater zu
halten.

Das war unfair und ich tief getroffen. Deshalb habe ich sie
vor die Alternative gestellt, entweder mit mir und Kathrin nach
Eimeldingen zu gehen oder ohne mich mit dem Kind bei Ihnen
im Haus zu bleiben. Ich würde mich jedenfalls nach Weil ver-
setzen lassen. Das klappte rascher, als ich angenommen hatte.

Wie mir Elisabeth versicherte, hat sie Ihnen gegenüber
niemals etwas gesagt oder auch nur angedeutet. Für sie und
Kathrin bin ich der Vater und dabei bliebe es! Nun ja, die Sache
mit der Wohnung war ein Schnellschuss von Elisabeth. Sie
konnte oder wollte sich nicht vorstellen, dass die wahren Zu-
sammenhänge überhaupt sichtbar werden. Mir gegenüber habe
sie geschwiegen, weil sie Angst vor einer Trennung hatte. Sie
liebe mich, und ihr Abstand zu Ihnen sei noch größer geworden
als damals, als sie nach Kaiserslautern gegangen ist. Das glau-
be ich ihr, ich liebe sie ja auch, und ein Leben ohne Kathrin mag
ich mir nicht vorstellen. Und nun sind wir bei Tante Verena in
Eimeldingen eingezogen.

Ich erwarte von Ihnen Verständnis für unsere familiäre
Lage, ja, ich rechne damit! Sie hätten Gelegenheit gehabt, Elisa-
beth auf Vergangenes anzusprechen. Sie haben es nicht getan!
Dafür bin ich Ihnen einerseits dankbar, andererseits war die
tägliche Nähe im selben Haus für mich nicht weiterhin erträg-
lich.

Was Kathrin anbelangt, so mag sie Sie besuchen. Ich appel-
liere an Ihre Fairness und hoffe, dass Sie Kathrin weder mit

Andeutungen noch mit allzu durchsichtigen Fragen anregen, über ihre biologische Abkunft nachzudenken. Sie eines Tages aufzuklären, wird unsere Aufgabe sein! Darüber sind Elisabeth und ich uns einig. Wir fürchten selbstverständlich diesen Augenblick, doch er wird kommen, und er ist nötig, das wissen wir! Wie sie reagieren wird, ist uns jetzt nicht vorstellbar. Doch bis dahin hat sie dann eine Kindheit ohne Identitätsprobleme verbracht, eine von Elternseite aus betrachtet liebevolle Kindheit. Was das für einen jungen Menschen bedeutet, wissen Elisabeth und ich nur zu gut.

Es war mir ein Bedürfnis, Ihnen diesen Brief zu schreiben.

Ihr Michael Gerwig

Jobst faltete die Blätter beinahe liebevoll, schob sie zurück in das Kuvert und reichte es mir, ohne mir in die Augen zu sehen.

Diesen Brief erhielt ich ein halbes Jahr später, sagte er, *nachdem die Familie nach Weil umgezogen war. Ich schäme mich, dass ich ihn dir in meinen Erzählungen verschwiegen habe. Mir ist erst nach dem Lesen deines Textes bewusst geworden, dass er einen Wendepunkt in meiner Selbstwahrnehmung bedeutet. Falls du ihn in deine Story einbauen möchtest, dann tu es! Bitte zu den abgesprochenen Bedingungen!*

Das war meine letzte Begegnung mit Jobst.

◆

Die größte Kraft auf der Welt

ist das Pianissimo (Maurice Ravel)

Das ist auf einem Karton zu lesen, von Jobst mit Tusche geschrieben. Er war sechzehn, und der Karton lehnte über dem Klavier an der Wand im Wohnzimmer. Er musste ihn wegtun. Der Vater bestand darauf. Nach Jahren tauchte er beim Umzug aus der Altstadt-Bude wieder auf. Wendet man ihn, liest man Verse - nachträglich mit Bleistift notiert - in der Übersetzung recht handfeste Verse:

Der Schenken Lärm, der Schmutz der nächt'gen Stadt,

Welk sinkt von den Platanen Blatt um Blatt

Ein alter Omnibus auf schlechten Federn

Quietscht schief und schwankend zwischen seinen Rädern

Mit grün' und roten Augen, die sich drehn,

Arbeiter, die zur Kneipe rauchend gehn,

Dem Schutzmann qualmend ins Gesicht den Knaster,

Die Dächer nass, Asphalt und glitschig Pflaster

Und Gossen, die der Regen schwellen ließ,

Das ist mein Weg – mein Ziel das Paradies.

Zur Vorderseite eine wohl programmatisch gedachte Ergänzung. *Verlaine* steht am unteren Rand. Sein Viertel wird Jobst hier nicht gespiegelt sehen. Über die Symbolik der Wegbeschreibung im Hinblick auf Jobst mag man unterschiedlicher Auffassung sein, doch sein Ziel ist auf der Vorderseite angedeutet. Es blieb ein Traum.

Kürzlich bin ich einem begegnet, der sein Klavier auf den Fahrrad-Anhänger montiert hatte und inmitten einer Straßenbaustelle spielte: Bach, Präludium und Fuge № 1. Die Menschen sammelten sich um ihn und lauschten, gaben Beifall und riefen *Bravo!* Sie wollten spenden und hören. Er musste unterbrechen, um sein Körbchen auf dem Anhänger zu suchen. Das war in der Innenstadt an einem Samstag im Advent. Anzunehmen, dass nicht jeder kannte, was der junge Mann spielte. War das in diesem Moment von Bedeutung? Die Harmonie einer Musik berührte in Pianoklängen die ihr lauschende Menge. Dazu bedurfte es keines Konzertsaals. Geräusche der Straße gaben den Kontrast – in ihrer Gleichzeitigkeit die Stimme des Lebens.

In dieser Situation wusste ich plötzlich, wie die Erzählung von Jobst enden sollte: mit dem Bild des jungen Mannes am Klavier auf der Straßenbaustelle. Sisyphus kam mir in den Kopf, wie ihn Camus beschreibt. Er stellt sich ihn, den die Götter der Antike zum Bergan-Rollen des Steines verurteilt haben, als einen glücklichen Menschen vor. Während der Rast richtet Sisyphus den Blick zu den Gipfeln und bewundert den Zug der Wolken am blauen Himmel.

Für die Zuhörer des Pianisten, in Einkaufspassagen mit weihnachtlichen Klängen abgefüllt, war sein Spiel ein unerwartetes musikalisches Erlebnis an außergewöhnlichem Ort. Ihre spontane Begeisterung für ihn, den Straßenmusiker, ein Ausblick zu den Gipfeln? Die Wegstrecke ist lang und der Anstieg steil.

Ich stelle mir Sisyphus als einen genügsamen Menschen vor!

Kathrin an den Flügel gelehnt, Jobsts Spiel lauschend, auch die lärmende Klasse, in der er in seiner Hilflosigkeit Kinderlieder angestimmt hat - Bilder, die nachdenklich machen. Was Jobst kann und ihn glücklich macht, das ist, junge Menschen in einer anderen Sprache zu begleiten, sie in der Musik zur Begegnung mit sich selbst zu führen.

Dass er das nicht tun durfte, ist die Tragik seiner Geschichte.

◆

Zeitfracht Medien GmbH
Ferdinand-Jühlke-Straße 7
99095 Erfurt, Deutschland
produktsicherheit@kolibri360.de